唐月梅 编

日本文学

东瀛艺术图库

上海文化出版社

图书在版编目（CIP）数据

日本文学 / 唐月梅编 . —上海：上海文化出版社，
2018.8
（东瀛艺术图库）
ISBN 978-7-5535-1329-4

Ⅰ.①日… Ⅱ.①唐… Ⅲ.①文学史—日本 Ⅳ.
① I313.09

中国版本图书馆 CIP 数据核字（2018）第 158275 号

出 版 人：姜逸青
策 划 人：贺鹏飞
责任编辑：何智明
特约编辑：盛　利
装帧设计：灵动视线

书　　名：日本文学
编　　者：唐月梅
出　　版：上海世纪出版集团　上海文化出版社
地　　址：上海市绍兴路 7 号　200020
发　　行：上海文艺出版社发行中心
　　　　　上海福建中路 193 号　200001　www.ewen.co
印　　刷：北京天恒嘉业印刷有限公司
开　　本：960×640　1/16
印　　张：9.5
印　　次：2018 年 10 月第一版　2018 年 10 月第一次印刷
国际书号：ISBN 978-7-5535-1329-4 / I.501
定　　价：39.80 元
告 读 者：如发现本书有质量问题请与印刷厂质量科联系　T：010-85376178

代总序

日本艺术美的魅力

叶渭渠

在研究日本文学、文化、美学的过程中，我深深地被日本艺术之美所感动。在完成了《日本文学史》《日本文化史》《日本人的美意识》三书的写作计划和主编了"日本古典名著图读书系"之后，我的心身完全融入了日本艺术美之中，抱着一种探索日本艺术的昂扬激情，急不可待地要编著一套日本艺术图库，呈献给我国读者，以共享这种艺术美的愉悦。

也许人们会问：日本艺术美在哪里？日本艺术为什么有这样大的魅力？

翻开这套"东瀛艺术图库"，日本艺术之美就会从简单的文字里明晰地透露出来，就会从多彩的图片中形象地映现出来。无论是从日本建筑、绘画、工艺美术，还是从日本文学、戏剧，都可以发现在它们的发展历史进程中，将根深深地扎在岛国的土壤中，在外来的新风吹拂下绽开古朴美的花。它们的美，既来自日本本土文化之源，也得自日本文化与外来文化"杂交"之果，明显地表现出日本民族艺术的特质。

从日本建筑卷中，我们可以看到具有浓厚日本色彩的原始神社建筑，以及接受大陆佛教建筑的影响后建筑起来的诸多佛寺。可以看到从模仿我国书院式茶室到构筑纯日本式的草庵式茶室，或者中国式辉煌的如日光东照官，日本式简素的如桂离宫、修学院离宫，两者并存于同一个时代。还可以看到庭园建筑从亭台楼阁到实现日本化，出现了"枯山水"石庭园。

日本建筑艺术的最大特色，就是吸收外来建筑艺术的精华，又坚持在本国风土中酿造出来的美，即将素材置于自然中再组合，在至纯的自然、至大的简素中，展现其臻于极致的美。

从日本绘画卷中，我们既可以看到原始时代的土器、铜铎的线画和古坟装饰性壁画，从中寻找到日本绘画的源流，也可以发现学习中国大陆佛画，实现佛教与神道融合后出现的"本地垂迹"，又产生了日本式的"垂迹画"。还可以看到学习中国的"唐绘"，发展为纯本土的"大和绘"，其中"隔扇·屏风画"和"绘卷"成为日本民族绘画艺术的独特形式。日本水墨画，无疑是受到中国宋元水墨画的深刻影响，却又与中国宋元水墨画审美情趣相异，独创了深藏禅机的日本水墨画风格，即融会了日本"空寂"的艺术精神，追求一种恬淡的美。在引进西方的版画后，又开辟了纯日本式版画的新天地，产生了"浮世绘"。明治维新后，流行的"近代西洋画"，演化为"近代日本画"，形成两者并存的局面。

同样地，从日本工艺美术卷、日本戏剧卷、日本文学卷中，我们都可以看到日本艺术这样的发展历程。我在一篇文章中说过："日本文明创造性的发展，坚持了两个基本点：一是坚持本土文明的主体作用；一是坚持多层次引进及消化外来的文明。可以说，在世界文明史上，没有任何一种文明像日本文明如此热烈执著于本土文明的传统，又如此广泛摄取外来的文明，如此曲折的反复，又如此艺术地调适和保持两者的平衡，从而创造出具有自己民族特质的新的文明体系。"

作为日本文明重要组成部分的日本艺术也是如此，我们从这五卷本的"东瀛艺术图库"里，不是也可以发现日本艺术不断以对传统文化的眷恋为主轴，以外来文化的刺激为辅线创造出来的吗？这是一条日本艺术发展的规律，这是一个具有日本民族特质的艺术体系。

也许日本艺术美就存在这里，也许日本艺术美的魅力也就表现在这里！

目　录

概　说 ··· 001

神话·传说·原始歌谣 ·· 021

和歌·汉诗 ··· 030

物　语 ··· 046

日记·随笔 ··· 074

连歌·俳句 ··· 099

通俗小说 ·· 112

近代小说 ·· 131

概　说

远古时代至飞鸟时代
————●（远古时代—公元645年）●————

日本远古时代和飞鸟时代，并未产生文字，是处在诸种文化混沌与口头文学的时期，上古的日本原始人相信语言的感应力，相信语言具有灵性和咒力，咒术可以达到他们最原始的求生克死的本能愿望。从文献记载看，当时咒术的内容，有祈愿渔猎丰收的经济行为，有维持共同体安定的政治行为，在个人的抚慰、救济灵魂这点上又有宗教的行为。从形式来说，有语言部分，也有行为部分，也就是念咒时的手舞足蹈。从内容与形式的总体结构来说，它是一种最原始的宗教现象，也是一种作为口头文学的咒语和原始歌舞未分化的文化现象。这样，咒术的内容与形式成为文化整体未分化的母胎。咒语成为口头文学系列之一。

作为口头文学系列之二的日本神话、传说，其本身也是"言灵思想"的产物。这一口头文学的生活意识，究其原型都可以还原为"言灵思想"，用自己独特的"言灵"来探索宇宙的开辟、神灵的显现、人类的起源、国土的创造等。日本远古的神话分为四大类：（一）天地创始神话；（二）自然生成神话；（三）文化始源神话；（四）风土神话。

从作为口头文学系列之三的原始歌谣的发展历程来看，其最初是从一种对生活的悲喜的本能感动发声开始的，比如劳动配合、信仰的祈求、性

圣德太子制定的《十七条宪法》

欲的冲动和战斗的呼号，内容多为殡葬、祭祀，以及渔猎、农耕、狩猎、战斗、求婚、喜宴等与上古人实际生活密切相关的活动，纯粹是一种原始情绪和朴素感情的体现。古代的原始歌谣，在未形成独立歌谣之前，是与咒语、神话传说相生的一种复合文学形态，同时也是一种诗歌、音乐、舞蹈的混合体。

可以说，远古时代的日本仍然处在诸种文化的混杂状态，文学尚未从历史、政治和宗教分化出来成为一个独立的个体，而是被笼统地包容在整个文化中，处在混沌的阶段。

日本从口头文学发展到文字文学的基本条件，有赖于汉字的传入和日本文字的产生，尤其是汉籍和佛典初传日本后，对于推动文字文学的诞生起到很大的作用。汉籍初传文献及涉及者，主要有徐福赴日初传、神功皇后三征新罗、王仁带进《论语》和《千字文》三种说法。飞鸟时代传入了佛教艺术与经书。

由于汉字和汉籍儒佛经典的传入，给学习汉字、汉语带来很大的帮助，兴起了讲授汉籍和诵读佛典的风潮，成为书记和活用汉籍的文字及吸收佛教、儒学思想的契机。圣德太子引进当时中国中央集权统治下的五常儒学思想，制定的"十七条宪法"，代表了当时的文章的最高水平。为了推动改革，圣德太子在积极吸收中国先进的儒学文化和制度的同时，于推古十五年（607年）派出小野妹子等前后五次的遣隋使；推古二十六年（618年）唐灭隋后，他继续派出遣唐使（在其后派出遣唐使凡19次，至894年终止派遣，持续了二百六十余年），带回大批儒佛经典，广为流布，催生了日本古代文字文学的诞生，所引进的儒佛思想也对日本古代文学产生了深远的影响。

另一方面，从口头文学到文字文学过渡期，由于日本没有固有文字，仍需借助汉字，这就给文字化带来很大的制约，在假名文字未创造出来以前，口头文学与文字文学之间仍存在断层。但是，大体上以这个时代为界，日本文学从口头传诵进入了文字文学的过渡时代。

奈良时代

———— ◉ （公元 710—794 年）◉ ————

　　推古朝以后，承传了大量木简、金石文（即墓碑铭、佛像和铜钟上的刻文）的主要资料，经过长期的发展，至奈良朝终结，凡二百年间，从创造出一种具有口头词章特色的文体，着手编纂《古事记》，到采用多种不同文体面世《常陆国风土记》《播磨国风土记》《日本书纪》《出云国风土记》，许多口头文学也通过这些文字文学得以传于后世，迎来了日本古代从口头文学到文字文学的完成期。

　　日本古代文字文学的滥觞《古事记》是一部朴素地再现日本远古神话、传说的文学书。作者太安万侣（？—723 年）奉元明天皇的敕令，和铜四年（711 年）九月开始撰录稗田阿礼所诵习的历代帝皇继位之事和旧辞，加上传承的神话传说和相关的原始歌谣，于和铜五年（712 年）撰成《古事记》。

　　《古事记》问世八年后，即元正天皇养老四年（720 年）编撰的《日本书纪》，不以神话、传说为主，而以记载史实为重，且尊重古传，尽量保持正史的特质。总的来说，《日本书纪》更富史书的特点，作为史书的价值大于《古事记》，然而在文学色彩方面，比起《古事记》来则略显逊色。但以它的神代的神话、传说、说话及人皇时代的传说、说话和歌谣词章为

《古事记》"神功皇后缘起绘卷"

主体的部分，文章的表现之美，还是确立了它在日本古代文学史上的地位。从口头文学到文字文学的过渡时期，它们起到了不可磨灭的历史作用。

但是，从严格意义上说，《古事记》和《日本书纪》都不能算作正式的文学书。作为真正意义上的文学作品，最早形成的是汉诗集《怀风藻》、和诗歌集《万叶集》，它们是上古汉诗、和歌的集大成者，展现了日本上古的抒情文字文学的世界。

奈良时代日本引进汉字，汉文使用渐增，尤其是这一时期派出大批遣唐使学习包括《诗经》在内的汉文化后，日本皇室和贵族咏和歌，也作汉诗赋，为日本汉诗文的勃兴打下了重要的基础。在这种背景下，汉诗文集问世，开始出现了"汉风化"的风潮。在《怀风藻》的序文中，第一次使用"文学"这个词。这部诗集收录六十四位诗人的汉诗，包括天皇、皇子、官人、文士和僧侣等。全一卷，凡一百二十编，以酒宴诗、叙景诗居多，也有游览诗、望乡诗、七夕诗，只有两首恋爱诗。

《万叶集》收录的四千五百一十六首歌，体裁多样，其中短歌居多，长歌仅二百六十余首，旋头歌六十余首，佛足石体歌一首，汉诗四首。歌人涉及所有阶层，从天皇、皇后、皇族、王族、朝臣到士兵、农民、村姑、乞丐等，但以上层人物居多。题材和内容广泛，包括杂歌、相闻歌、挽歌、譬喻歌、戍边歌、有由缘杂歌、羁旅歌、四季相闻或四季杂歌、从驾歌、东歌等，反映了不同阶层和不同地方的情况。这些歌都是上古大和文明的真实写照。

现存最古手抄本《万叶集》
（平安时代，源兼行抄）

　　《怀风藻》《万叶集》成为日本上古奈良时代抒情诗歌的双璧，在日本文学发展史上具有里程碑意义。

平安时代

（公元 794—1185 年）

　　继前一时代和歌、汉诗的勃兴，平安时代贵族王朝出现了有名的《凌云集》《文华秀丽集》《经国集》三大敕撰汉诗集和奉天皇敕命编撰的敕撰集及歌人、汉诗人的私家集，其中《古今和歌集》《后撰和歌集》《拾遗和歌集》三大敕撰和歌集，俗称"三代集"。这些敕撰和歌集多是由和歌所（编撰事务所）根据敕令制定的选歌范围，从私家集和赛歌会的优秀作品中选出，代表了当时和歌的最高水平。平安时代的在原业平、僧正遍昭、小野小町、文屋康秀、喜撰法师、大伴黑主"六歌仙"与纪贯之、壬生忠岑，连同万叶时代的柿本人麻吕、大伴家持等，并称为"三十六歌仙"，他们在日本贵族的歌坛上宛如群星闪烁。这些歌仙的出现和敕撰和歌集的问世，改变了"自《万叶集》以来，时历十代，数过百年，其后和歌弃而不被采"（《古今和歌集》汉文序）的局面。这种改变，对于复兴和歌，以及促进这一时代的日本文学从"汉风化"走向"和风化"起到了很大的作用。

《三十六歌仙图屏风》
（酒井抱一绘，江户时代）

　　在诗歌领域走向"和风化"的同时，前一

时代引进的汉字也实现了"日本化",演变为日本自己的民族文字"假名","将汉文'日本化',开始与和歌并列使用,创造出散文作品"(日本现代学者加藤周一语)。这样便诞生了物语文学和随笔文学。

传奇物语《竹取物语》与歌物语《伊势物语》及虚构物语《落洼物语》的出现,成为日本文学发展的一个重大转折。紫式部统合虚构物语与歌物语,用"假名"创作了世界第一部长篇小说《源氏物语》,标志着日本散文文学拥有了独特形式、规模和自己的美学特色——"物哀",将日本古代文学推向新的高峰。这一时代有代表性的物语文学作品还有:历史物语《荣华物语》《大镜》《今镜》,虚构物语《夜半惊醒物语》《狭衣物语》《堤中纳言物语》,说话集《今昔物语》等,其中一

三十六歌仙之一在原业平像
(选自《百人一首歌碑》)

《夜半惊醒物语绘卷》"梦中惊醒的中君卷"

《荣华物语绘卷》
"清凉殿一隅卷"

《荣华物语绘卷》
"干心安矣卷"

《更级日记》抄本
（藤原定家抄）

些作品是模仿《源氏物语》的，走向图式化或戏作化。

以物语文学的诞生为契机，日本古代文学进入一个新的多样化的历史阶段。作为当时散文文学重要组成部分的随笔文学和日记文学也应运而生。清少纳言的《枕草子》，以及下一个时代问世的《方丈记》《徒然草》，堪称日本古代三大随笔集。这些随笔，笔致精确简洁，朦胧、幽玄而闲寂地展现事物的瞬间美，给人丰富的艺术享受，在日本文学史上拥有崇高的地位。

开日记文学先河的《土佐日记》，是由《古今和歌集》编撰者之一纪贯之书写的。当时贵族男子以用汉文写作为高贵，只有女流之辈用假名写作。纪贯之在日记开卷就说："男人写日记，女子也跃跃欲试。"以喻自己即使是假托女性之笔，用假名书写这部日记，目的是要摆脱男性为官的立场，可以更自由地述怀，随心所欲地吐露自己的心扉。由此，女性日记文学很快流行起来，代表作家和作品有藤原道纲母的《蜻蛉日记》、和泉式部的《和泉式部日记》、紫式部的《紫式部日记》、菅原孝标女的《更级日记》等。创作这些日记的女作家，从不同角度记录了作为女官的她们在后宫的所见所闻，或嗟叹人生的寂寥和女人的薄幸，或载录妇女在一夫多妻制下的悲剧命运，或回忆自己对爱的心路历程和懊恼自己平淡的婚姻，或记录宫中贵族的种种生活习惯等。

概括地说，平安时代，日本文学从"汉风化"摆脱出来，实现了"和风化"，其基本条件是：第一，在文学思想方面，以"和魂汉才"为指导思想，吸收、消化和融合汉文学，完成"和魂"的自觉；第二，在语言表述方面，摆脱汉字（真名文字）的束缚，使用新创造的假名文字，大大地增加文学上的本国语言文字的表现手法，可以确切地表达本民族的思想和感情，有利于本土文学和美学的创造。像《古今和歌集》《源氏物语》《枕草子》等优秀的文学作品产生于这个时代，就不是偶然的。可以说，平安时代是日本文学的第一个繁荣期。

镰仓时代

—— ● （公元 1185—1333 年）● ——

镰仓时代是王朝文学与新兴的武士文学两种异质文学对立和并存的过渡时代，两者的消长是渐进的，不是后者迅速取代前者，而是逐渐使前者变容变质，不断消除旧的因素增加新的因素。比如在和歌、物语、说话、随笔等旧文学形式上增加新的因素，使之变容变质而继续发展。

这一时代，和歌仍在延续，藤原定家编撰《新古今和歌集》，率先表现了独特的象征性歌风，它与《万叶集》《古今和歌集》并列，形成日本和歌史上的三大潮流。此外这一时代还继续敕撰了《风雅和歌集》《新千载和歌集》《新拾遗和歌集》《新后拾遗和歌集》《新续古今和歌集》五部仍具有贵族和歌特点的敕撰集，反映了对古代和歌的眷恋。但是，另一方面又努力开拓多种的表现形式，兴起自撰私家和歌集，比如《山家集》《风叶和歌集》《草庵集》等。藤原俊成、藤原定家等有志者进行

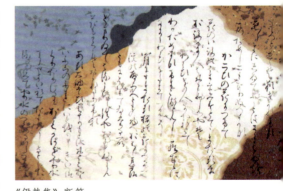

《伊势集》断简
（传藤原公任抄）

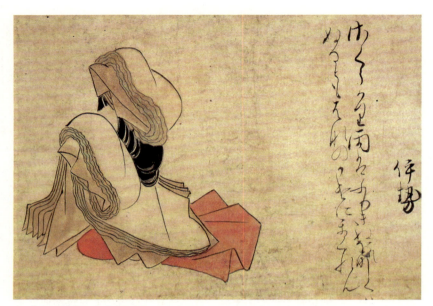

《三十六歌仙之一伊势像》
（后鸟羽院本，镰仓时代）

《太平记绘卷》
"兼好代笔写艳书卷"

《太平记绘卷》"烧讨卷"

歌论、歌学的变革，问世《近代秀歌》《每月抄》《无名抄》等一批歌论书，提倡"词慕古，心求新"的主张，以"有心体""幽玄体"为主旨的歌体，创造了一种超现实的象征诗风，并且完成歌学的体系化。源实朝撰著的《金槐和歌集》，忠实地贯彻藤原定家歌论的精神，十之八九属新古今的歌风，万叶歌风较少，贵族歌坛渐趋瓦解。与此同时，为了适应武士阶层的爱好，以和歌为母胎诞生了独特的新艺术体裁——连歌，意味着民间艺术的兴起。

物语文学到了这一时代，无论在内容或形式上都发生了根本性的变化，出现了战记物语文学，主要描写中世纪贵族社会的没落、封建主义革命给社会带来的变革，特别是 12 世纪战乱时期的武士英雄业绩。战记物语作为一种新的文学形态的出现，是日本文学史上的一次重大变革，迎来了英雄的叙事诗时代。

战记物语草创期的先驱作品是《将门记》，后续的作品还有《陆奥话记》。在武士社会，战乱频仍，日本全国不断出现武士英雄，同时人们发

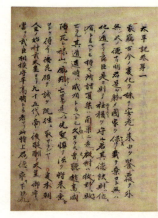

《太平记》玄玖本
（室町时代）

现武家的积极性格和对现实的客观认识，创造了战记物语的新模式。战记物语完成期的主要作品有《保元物语》《平治物语》《平家物语》《承久记》等，故事结构大致上都是先写战乱事件发端，战斗经过，后写事件挫折，讴歌武士的壮烈世界和宿命的悲剧命运，塑造了众多的忠勇的武士形象，表现了变革期特有的积极行动和人物造型，堪称"四部会战书"。这四部战记物语，均由平家琵琶说唱，又称"说书"，或"说唱文艺"，具有很强的即兴性。

《平家物语》将战记物语推向了高潮，被日本文学史家誉为"描绘时代本质的伟大民族画卷"。它描写了新兴的平氏与宫廷的对立，宫廷的阴谋与源氏的卷土重来，平氏、源氏两大武士集团大会战、平氏失败与灭亡的全过程，反映了镰仓时代风云变幻的武士社会变迁，以及地方武士崛起的风貌。与《平家物语》题材相同的有《源平盛衰记》，比《平家物语》规模大的有《太平记》，但故事的戏剧性都不如《平家物语》。

室町·江户时代

（公元 1333—1868 年）

　　室町时代，庶民阶层的地位得到提高，民间文学和民间艺能也受到青睐，新的文学模式不断涌现，完全摆脱贵族文学只有少数人享受的局面，文学从而走向庶民化、大众化，诞生了许多新的大众文学模式，出现了松尾芭蕉、与谢芜村、小林一茶的"俳句"，松永贞德、鲷室贞柳的"狂歌"，井原西鹤的"浮世草子"，上田秋成、曲亭马琴（泷泽马琴）的"读本"，式亭三马、十返舍一九的"滑稽本"，山东京传的"黄表纸·洒落本"，为永春水的"人情本"等，创造了多彩的文学模式。作者大部分是武士、僧侣、町人（商人，手艺人）、艺能人出身，但他们都以描写大众生活为己任。可以说，这一时期的文学，主要以庶民为对象，描写庶民本身的生活和理想的作品日渐增多，文学技巧也日臻成熟。

　　这一时期，在僧侣大众中还新兴了"隐者文学"，逐步超于贵族文学，与武士文学平分秋色，成为日本近古文学一支重要的新兴力量。尤其是新佛教的禅宗对当时的文学产生了巨大的影响，不仅产生了有特色的随笔、日记、纪行文，比如鸭长明的《方丈记》、吉田兼好的《徒然草》、松尾芭蕉的《奥州小道》等，而且兴起了佛教说话，比如《宇治拾遗物语》《古今著闻集》《十训抄》等。日本汉诗文，先后在禅僧（特别是镰仓五寺、

《俳仙群会图》
（与谢芜村绘）

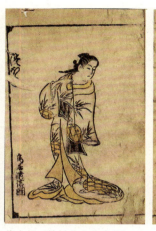

黄皮纸《枯树花大悲利益》
（山东京传绘）

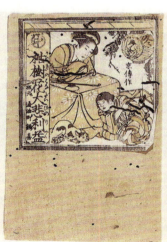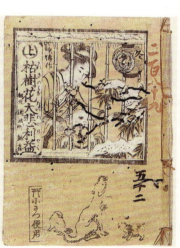

洒落本嚆矢《击钲先生》
（鸟居清信绘）

京都五寺的禅僧）中盛行起来，进入全盛期，通称为"五山文学"。义堂周信和绝海中津被誉为五山文学双璧。义堂周信对儒学和汉文学的造诣颇深，他的《空华集》以"诗禅一味、禅文一味"的风格，被誉为五山文学巅峰之作。绝海中津进一步发扬了义堂周信的风格，但他的《蕉坚藁》几乎没有宗教题材的诗，大多是送别诗、赠答诗或咏景诗。与其诗作相比，他在四六骈俪文创作上更显纯熟和洗练，是四六骈俪文作法的大家，重视文学性、艺术性多于宗教性，影响及于五山文学。

同时期，还出现了独立的诗文集——"外集"这一独立形态的汉诗集，其中梦窗疏石的《梦窗国师语录》、虎关师錬的《济北集》、雪村友梅的《岷峨集》以及中岩圆月的《东海一沤集》等收录的诗赋和文章，已培育出具有个性感动的特点。尤其是雪村友梅的汉诗多是绝句和律诗，成为五山诗的典型。五山文学遥遥领先于当时的和歌等其他文学模式，在日本文学史、文化史上占有极其重要的位置。

五山文学是在禅林的特殊大环境下的产物，似疏离社会、孤立于近古文学发展而存在。然而，实际上五山文学的兴隆与室町幕府封建制的确立是并行的，实现了当时古典的、贵族的和地方的、庶民的两种对立文化的融合，对于当时的政治、文化乃至人生观都产生了不可忽视的精神上的影响。但是，不能忽视的是，室町时代末期和江户时代，传入以天主教为代表的西方近代文明，开始动摇佛教的绝对权威，同时培养町人追求自由与现世享乐的精神，树立了新的女性观、恋爱观、婚姻观等。在文学方面出现了性爱文学，体现了对现实的冷峻把握和对人性的热烈追求。町人文学到了烂熟期，逐渐失去初期的品格，一味采取戏作的文艺态度，从而流于卑俗和类型化，走向了式微。

明治维新以后

（公元 1868 年以后）

　　明治维新以后诞生的近代文学，吸取古代和汉文学融合的历史经验，以"和魂洋才"作为两者结合的导向，在历史文化的更高层次上进行再发掘，解决面临的传统与现代的问题。明治维新不久，西周、中江兆民、菊池大麓就译介西方美学方面做了出色的启蒙工作，翻译西方的小说和探索近代新诗，盛行一时。坪内逍遥的《小说神髓》和二叶亭四迷的《浮云》以写

二叶亭四迷像

岛崎藤村像

实主义推进小说改良运动，以及森鸥外的《于母影》移植近代诗，他的小说《舞姬》贯穿西方浪漫主义美学思想，掀开了日本近代文学的序幕，并建立了日本近代文学的初步基础。

坪内逍遥像

另一方面，以尾崎红叶为代表的砚友社一派模仿江户时代的西鹤文学，倾向于古典主义。幸田露伴也热心传承西鹤文学，追求理想主义，自成一派，素有"红叶学西学得其才，露伴得其笔"的评价（盐田良平《古典与明治以后的文学》）。他们几乎没有与西方文学发生联系，都是接受西鹤的影响，将重点放在思考传统包括传统文体的再生上。尾崎红叶、幸田露伴与坪内逍遥、二叶亭四迷、森鸥外相呼应，大大地活跃了日本近代文坛。史称"红露逍鸥时代"。

日本写实主义文学和浪漫主义文学尚未完全成熟，西方自然主义文学的影响就波及了日本，产生了田山花袋的自然主义小说鼻祖《棉被》和小杉天外的自然主义理论先声之作《初姿》。日本自然主义文学虽受法国左拉自然主义的影响，但却创造性地建立自己的理论体系，强调"无理想、无解决"的"平面描写""逼近自然"的"露骨描写"、人的本性的"自然性"。他们根据这种理论，主张通过肉欲的描写，直接暴露自己的丑恶，然后大胆地"自我告白""自我忏悔"。日本自然主义的代表作，除了田山花袋的《棉被》之外，还有德田秋声的《霉》《糜烂》，正宗白鸟的《微光》《泥人儿》，岩野泡鸣五部曲《放浪》《断桥》《发展》《喝毒药的女人》《缠人的邪魔》等，他们追求最终的目的，就是所谓求"真"。他们"描写了'人的真实'的时候，却最深刻地代表了日本的文艺传统"（加藤周一《日本文学史序说》）。这样，由日本自然主义演绎而成为日本特有的小说模式"私小说"（即自我小说、心境小说），为日本近代文学的"和洋结合"提供了新体验。它宣告"红露逍鸥时代"的终结和一个文学新时代的开始。

　　继日本自然主义之后，日本文坛新兴以永井荷风、谷崎润一郎为代表的新浪漫主义（唯美主义）、以白桦派为代表的理想主义和以新思潮派为代表的新现实主义，形成三足鼎立的局面。在此前后，岛崎藤村的《破戒》、夏目漱石的《我是猫》，将现实主义、批判现实主义推向成熟的阶段。芥川龙之介的《罗生门》《鼻子》《地狱变》等，以热情和冷酷的双目，审视现实与人生。在日本近代文学史上，岛崎藤村、夏目漱石、芥川龙之介与森鸥外堪称四大文豪。芥川龙之介由于没有力量去解决现实的丑恶问题，于是他抱着"希望已达之后的不安，或者正不安时的心情"（鲁迅语），服安眠药结束自己的年轻生命，以他的不朽业绩，为近代日本文学史画上了一个清晰的句号。

神话·传说·原始歌谣

　　在未产生文字文学之前，口头文学是口诵传承，并无文字记载，只能依靠后世的考古学发现、民俗学考察和《古事记》《日本书纪》（下文简称《记·纪》）和《风土记》等文献所记录的神话、传说和原始歌谣，才可窥其一斑。日本原始人相信语言是有生命和感应力的，信仰"言灵"（即语言的精灵带有灵性和咒性）。这些文献最早记录的，是咒语的神话故事。这些文献中的"神代记"所载大国主神生产出云国，特别提到："乃兴言曰，夫苇原中国，本自荒芒。至及磐石草木咸能强暴。然，吾已催伏，莫不和顺。"同时还提到："然，彼此多有萤火光神及蝇声邪神，复有草木咸能言语。"这里所载的磐石、草木是十分理解言灵的。它们以此对抗强暴或邪神，目的是为了满足对现实的要求，其实现的方法是把人的语言能力理想化。《续日本纪》（成书于797年）也写道："万代祈盼天皇之治世，向佛也向神祈祷。语言是依靠这个国

《古事记》素盏呜尊像

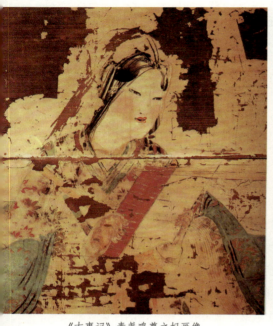

《古事记》素盏呜尊之妃画像　　　　　真福本《古事记》"八千矛神歌谣"（部分）

家的本来语言，而不是借用汉语。""日本这倭国是言灵丰富的国家，有古语流传下来，有神语传承下来。"这说明日本神话、传说这类口头文学"向佛也向神"，以神为主流，用自己独特的"言灵"来探索宇宙的开辟、神灵的显现、人类的起源、国土的创造，等等。也就是说，上古先民生活在原始的状态，对混沌的世界不甚了然，把许多未能把握的社会现象和自然现象都归结到"神代"的事，将一切神化，以此对种种混沌的现象做出自己的解释。

日本神话分为四大类：（一）天地创始神话；（二）自然生成神话；（三）文化始源神话；（四）风土神话。日本神话的历史主要是从"神代"开始，《古事记》就记录了天地始分的混沌状态："世界尚幼稚，如浮脂然，如水母然，漂浮不定之时，有物如芦芽萌长，便化为神。"

于是，日本神话故事记述了天地始分，生成高天原诸神，名号是"天之御中主神"，其次是"高御产巢日神"，再次是"神产巢日神"。他们是造化三神，分别代表宇宙的根本和宇宙的生成力，存于幽冥之中而不现身于世间。又生成宇麻志阿斯诃备比古迟神，其次是天之常立神。以上五神都是抽象的东西，称别天神五神。连同伊邪那岐和伊邪那美二神，并称"神世七代"。天神命令伊邪那岐和伊邪那美男女二神，去建设那个漂浮着的国土。二神遂到了天浮桥上，用天神赐给的天之琼矛搅动海水，成为一岛。二神降到岛上，制造诸岛和八百万神，然后天地分离，八百万神人格化。《日本书纪》叙述这段神话故事时，从一开始就排除别天神五神的介入，伊邪那岐和伊邪那美二神作为"神世七代"最后一代，他们的行动不是受命于天神，而是主体"共议"。

《日本书纪》是这样叙述这段神话故事的："古天地未剖，阴阳未分，混沌如鸡子，隐约萌芽。清澄者成天，沉浊者成地，精妙易群聚，混浊难凝结，故先成天，后成地。"它说明天地是对等的世界，将伊邪那岐、伊邪那美二神作为阴阳的体现，伊邪那岐是天神、伊邪那美是地神，通过他们的和合，生成绵亘天地的世界和万物。关于这段神话故事，在《万叶集》原初的歌谣中也有所反映：

　　　　天地初开天河原
　　　　八百万神集神言
　　　　天照大神治苇原
　　　　瑞穗之国长天久
　　　　……

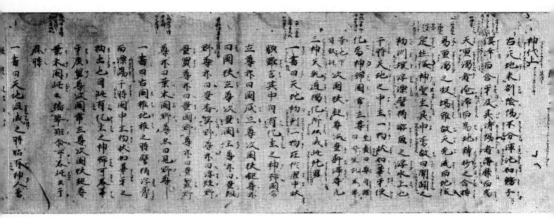

卜部兼方自笔本《日本书纪》

　　与上述天地始分的神话占有同样重要地位的，是自然生成和文化始源的神话。自然生成的神话，主要以自然界为对象，以当时的认识来说明自然界的现象，并将其神格化，其中最主要的自然生成神话，《古事记》神话写到伊邪那岐从黄泉国归来，至筑紫日向之桔小门之阿波岐原，举行被禊，洗涤身体的污秽时："伊邪那岐洗左眼时所生的神名为天照大神，其次洗右眼时所生的神名为月夜见神，再次洗鼻时所生的神名为速须佐之男神。"

　　这里的天照大神、月夜见神、速须佐之男神三神，也就是日神、月神和暴风雨神来历的神话故事的主要人物。在日本神话中，"日月成为天的两眼"，日神天照大神成为皇祖神，又称太阳女神。《日本书纪》神话与此"眼生"的故事不同，叙述了"镜生"的故事，即由伊邪那岐左右手持白铜镜，生了日神、月神，二神回头望着镜子，又生下速须佐之男神。《记·纪》这个生三子的故事，成为天孙降临神话的前提。二书以此为出发点，展开一个个"神代"的"天孙降临"及其后的神话故事。

　　文化始源神话主要叙述与先祖的农耕生活有关的文化现象，与农业起源有关的火神、食物神等的故事，以及与政治、宗教文化有关的故事等。比如《古事记》神话中记载伊邪那美得天神之助，生产国土、山川草木和八百万神之后，在火神时死去，这样写道："（伊邪那美）生火之夜艺速男神，又名火之炫毗古神，亦名火之迦具土神。伊邪那美神因生此子之故，阴部被灼伤，乃卧病。从所呕吐之物而生的神名为金山毗古神，金山比卖神，（中略）伊邪那美神因生火神的缘故，遂尔逝去。"

于是，伊邪那岐尾随伊邪那美一直到了黄泉国。伊邪那岐从黄泉国归来后，举行祓禊，他抛弃的身上诸物，都成了神。但是，《日本书纪》叙述这个故事时则写道："伊邪那美生火神时，被灼而神退去矣。"伊邪那美没有死去，当然也就没有到黄泉国，而是伊邪那岐和伊邪那美二神相和，继续生了日神、月神等。

《记·纪》神话中谷物生成的故事是："大气津比卖神从口鼻及肛门取出种种美味，作为种种食品而进之。速须佐之男神窥见她的所为，以为她以秽物相食，遂杀大气津比卖神。从被杀的神的身体上生出诸物，头上生蚕，两眼生稻，两耳生粟，鼻生小豆，阴部生麦，肛门生大豆。神产巢日御祖神使人采集，即为谷类的种子。"

这些神话故事都是人类利用火和开始烧田农耕的重要事件的传承，与原始农耕文化生活有着直接联系。两书的神话中，除了上述"天孙降临"前后的神话之外，还有与政治、宗教文化有关的"征服八岐大蛇""让国"等英雄神话，也比较重要。

"征服八岐大蛇"，讲述天照大神的兄弟速须佐之男神刚被从天上逐下至出云国肥河地方，乃见老翁、老婆围着一少女哭泣。速须佐之男探明原委，知道老翁、老婆有八个女儿已被高志地方的八岐大蛇吃掉，现在又是大蛇来的时候了，所以为女儿担心而哭泣。速须佐之男神问清楚八岐大蛇的形状后，让老翁将身边的女儿给他，于是他乃将此少女变作木梳，插在头发

《出云风土记》"岛根郡"（部分）

上，又吩咐其左右神，酿造加重的酒，用篱笆围起来，开八个入口，每个入口做八个台，台上各放一酒槽，放满了酿好的酒。八岐大蛇来喝酒，喝得酩酊大醉，速须佐之男神遂用所佩的剑，将大蛇切成几段，取出一把锋利的大刀，献给了天照大神。传说这把大刀成了王权的圣器。

"让国"的故事是：天照大神将建御雷神、天鸟船神遣往下界，二神降于出云国伊那佐之小浜，问大国主神道："你所领有的苇原中国，原来是归我儿子所统治而赐给的。你的意思怎么样？"大国主神的儿子八重言代父神作答曰："将此国土谨奉还给天神的御子孙吧。"此时，大国主神的另一个儿子建御名方神手擎一块大石头来比气力，但他一败涂地，答应不违父神和兄神之命，将苇原中国奉献给天神的御子。这样建御雷神乃回到天上，复奏苇原中国已归顺平定了。相传这"让国"事件，被作为大和民族和平统一的象征。

如果说，《记·纪》的神话是直接以与国土、皇室起源、民族统一、天孙降临、天孙民族和出云民族的关系等重大事件为中心，赋予了这些神话某种政治、文化的色彩而传承的话，那么《风土记》神话则是因以地方素材为中心而传承下来的，其中出云神话和播磨神话最具代表性。出云神话与上述高天原的天神、国神不同，是以出云国的地方神为主，尤以诸神造天下、隐退和黄泉国等的叙述更具朴素的地方特征。从这个意义上说，它与《记·纪》的神话占据同等的地位而纳入日本古代神话的体系中。《出云风土记》记载的是从须佐之男神下到出云国开始展开一系列以地名起源和经营国土为中心的故事，其中有这样叙述宇贺乡起源和黄泉国的神话："宇贺乡，郡家正北一十七里二十五步，聘造天下之大神、神魂神御子、绫门日女神。尔时，女神不肯，逃隐之时，伺求大神，是则此乡也，故云宇贺。即北海浜有矶，名脑矶，高一丈许，上生松，下至矶，如乡人之朝夕往来，又如人之攀引木枝。矶之西方有窟户，高广各六尺许。窟内有穴，人不得入，不知深浅也。梦至此矶窟之边者必死。故俗人自古至今，号黄泉之坂、黄泉之穴。"

此外，有关男女爱情的神话，早在《记·纪》之前已出现。原始的神话就有香具男山神爱上宙火女山神，耳犁男山神起而相争的故事，这个三山相争的神话故事，先由口头传诵，后来记入《播磨风土记》："上冈乡，地之中下。出云国阿菩大神，闻大倭国的宙火、香具、耳梨三山相斗，此欲谏止，上来之时，至于此处，即闻斗止，遂坐其所乘之船而返。故号神阜，阜形似复盖。"

这个神话故事还通过口头传承，形成古代原始歌谣：

香具耳犁爱宙火
相争神代已形成
古来相传既如斯
现世此事更难平

这首记载在《万叶集》里的原初歌谣，出现了"神代"与"人代"的联系与区别，神代的诸神成为皇室的先祖——皇祖神之御代，随之产生历史传说故事，记载神武天皇至推古天皇十三代皇室的史绩和英雄的史诗，并将他们"神格化"。与神话故事有别的是，此后的传说故事就大多是"人代"故事。也就是说，神话是叙述"神代"的事、上天界的事，它是超现实界的；它们的伊邪那岐、伊邪那美二神和天照大神，作为皇祖神的一面而被强化，几乎不见英雄神的面影。传说则是主要叙述"人代"的事——当然也有史实依据不足的人物——以历史上的事件为参照形成国史传说和英雄传说，它的许多勇武、恋爱的故事都是现实界的。尤其是神武天皇建国和东征、日本武尊获得神剑的加护平定筑紫和东国的贼寇、神功皇后征战新罗的英雄事迹最具典型的意义和最具历史传说特点。其中神武天皇时代的《久米歌》唱出了"不斩杀誓不罢休"的英雄气概，这类英雄神话在地方广为流布。

可以说，日本古代神话、传说将神人格化和将人神格化，就成为大和民族神话和传说的重要区别和重要内容。它们明显地落下原始神道的祭祀和教义的投影，深深扎根于古代日本人的生活和概念之中。

上古大和民族的本土原始神道文化精神，润育着这一时期的口头文学，而口头文学又凝练和提升大和民族的本土精神，促成《古事记》《日本书纪》《风土记》等神话、传说和部分歌谣在编纂态度上的某些自觉。《古事记》就提出"到能烦野之时，思国以歌曰"，"思国"便是出于纯朴的村落共同体和原初国家的目的意识，但仍不具完全的自觉性。它们以神话形式表达"神代"以来神的地位，历史传说创作部分则受儒教影响，宣扬"圣帝"，重点述说以天皇为中心的统治权威，以及天皇的正统性，略含道德性的意味。但是，更多的是受原始神道精神的支配，认为世上万事必须遵从神意，护神护国，成为日本古代文学意识萌芽期所表现的皇祖神意识和原初国家意识的原点。可以说，日本古典文献对神话和传说的归纳、取舍和结构都贯穿了这种目的意识。

上述日本神话、传说大致可归纳为皇室神话、传说和英雄神话、传说两类，但以前者居多，主要说明皇室和国家的由来，贯穿了国家精神；后者如"征服八岐大蛇""让国"等英雄神话，并不占主导地位，它们在日本文学史上的意义和价值是不同的。日本文学史家分析日本神话、传说的性质时写道："一般说来，神话是在英雄时代大量创造出来的。我们一提到神话,立刻就会联想到天皇制神话,但那只不过是堕落了的神话而已。(中略）真正的神话，本来是伟大而具有青春活力的民族的形象力量。也就是说，人企图用自己的力量，从对大自然的奴隶式的屈服里解放出来，从生活里将原始的恐怖感情驱逐出去。这就是神话与宗教的巨大区别所在。宗教缺乏改造大自然的现实性，它主要是人的主观精神所产生的幻想；而神话则始终与人的现实生活相联系，它是幻想支配自然的、不断向前发展的形象的表现。正因为如此，它才能成为古代文学不可缺少的母胎。同时，在人与自然的斗争高度发展的英雄时代，神话被大量创造出来的原因，也正在这里。"（西乡信纲等《日本文学史》）

概括地说，日本的神话、传说本来是氏族制社会的口头传诵，表现了先人的生活感情和想象力。后来建立律令制社会后，为适应大和朝廷的政治需要，经过修改、润色和整理才形成文字，纳入神话体系的结构内，作为大和朝廷传承的神话和传说而载入《古事记》《日本书纪》《风土记》等古典文献中，开始了叙事文学的时代。

和歌 · 汉诗‖

　　《记·纪》的原始歌谣与传说结合，两者尚未分离，其性质是歌与文的混合体，叙事的成分多。经过万叶时代的演化，渐次增加抒情的成分，并发展为音数定型为奇数五七调的短歌，以及长歌、旋头歌、少数佛足石歌等多种形态。长歌形式在七句以上，最后统一定型为短歌形态。其原则：一是从偶数形式到奇数形式；一是从长形式到短形式，且将短形式固定在五七五七七的五句体。从万叶歌整体来说，以短歌为主体的和歌，便成为传统的民族诗歌体裁。为有别于当时流行于日本的汉诗，故称"和歌"。

可以说，和歌是日本的各种文学形态中最早完成的一种独立的文学形态，《万叶集》是第一部和歌总集，上古诗歌的集大成者，展现了日本上古的抒情文学的世界。

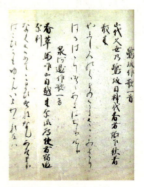

《万叶集》第九卷残卷

　　这部总集，收录从 4 世纪到 8 世纪中叶前后四百五十余年的歌。根据较权威的《国歌大观》记录，万叶歌的总数为四千五百一十六首。万叶歌的体裁多样，内中短歌居多，包括反歌，共四千二百余首。所谓反歌即短歌，附于长歌之

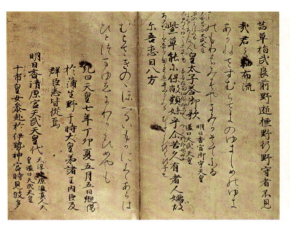

元历校本《万叶集》卷 1—20.21
（平安时代）

《万叶集》歌人大伴家持像
（镰仓时代中期绘制）

后，以凝练地再吟咏一遍长歌的主题，或补充长歌未尽之意。另有长歌二百六十余首、旋头歌六十余首、佛足石体歌一首、汉诗四首。长歌五七音反复数律，末尾固定五七七音句法。取长歌五七音句句，末尾添五七七音，即为五七五七七共三十一音节的短歌形式。短歌末句五七七音两次重复，即为五七七五七七共三十八音节组成的旋头歌。短歌之末，添七音一句，以表余韵，显示其独特格调，即为佛足石体歌的形式，其歌刻在印有释迦牟尼足迹的石上而得此歌体名，属于金石文，佛教歌谣类，未形成短歌体。还收录了易为人忽视的连歌一首，题名为《尼作头句并大伴宿弥家持所诮尼续末句和歌一首》，尼咏五七五音律的头句连歌，歌人家持对应作了七七音律的一句，这两者合成，成为五七五七七的三十一音的短歌形式。

　　万叶歌人不分高低贵贱，涉及所有阶层，从天皇、皇后、皇族、王族、朝臣到士兵、农民、村姑、乞丐等，作者的阶层由上而下，由贵而贱，以上层者居多，尤以侍奉大和朝廷的大臣和地方官为众，下层者的歌较少，

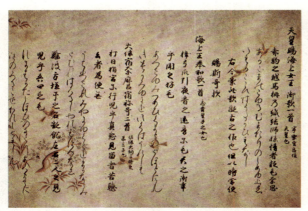

有姓氏者五百三十人，作者不详的歌占半数。主要歌人有：柿本人磨吕、高市黑人、山部赤人、山上忆良、大伴旅人、大伴家持等。歌人们大都生活在当时的大和文明的中心地奈良，也有生活在以越中、石见和东国等地方为中心的地方。以男性歌人为中心力量，闺秀歌人虽少，也留下了不少佳作。这些歌的题材和内容广泛，包括杂歌、相闻歌、挽歌、譬喻歌、戍边歌、有由缘杂歌、羁旅歌、四季相闻或四季杂歌、从驾歌、东歌等，反映了不同阶层和不同地方的情况。这些歌都是上古大和文明的实际写照。总体而言，万叶歌古雅质朴、雄浑凝重、艳丽风流，多带贵族咏风的表现。

柿本人磨吕以抒情歌见长，以生离和死别作为两大主题，尤以挽歌最为优秀，创作了《哀吉备津采女死之歌》《哀赞岐狭岑岛石中死人之歌》《天香具山见尸哀歌》等力作，《妻死之后泣血哀恸作歌》唱出"旧日情影在何方，不见伊影空断肠"的秀句。这首"泣血恸哭"歌，是柿本人麻吕所作歌的最高峰，其他的挽歌是无法与之比肩的。

高市黑人开万叶叙景抒情歌的先河，他最具代表性的《游高岛胜野歌》唱出："高岛胜野垂日暮，孤身旅人何处宿。"这首歌是歌人在旅途尚未寻

歌人山部赤人的歌集
（西本愿寺本古抄本）

《万叶集》歌人柿本人麻吕像
（瘐磨荣贺绘）

到泊宿之地，孤身笼在苍茫暮色中，流露了内心的彷徨与不安。寥寥数语的短歌，使情景相融达到了天衣无缝之境。他的叙景抒情歌，陆路景观歌仅此一首，而以水路景观歌为多，且主要赋水边之景，唱出"樱田田鹤远飞扬，潮退鹤鸣齐高扬"这样的秀歌，故有"水边歌人"之称。

同样作为叙景歌人的山部赤人，以歌颂自然山景而出名。他的《望不尽山歌》《咏不尽山歌》就是一例。所谓不尽山，就是富士山，两者是谐音。歌人在这首长歌中吟咏大和圣山富士山，接受雪与火的洗礼，其变幻之无穷，不仅言语无以名状，而且连神灵也难以言明，想象力丰富，将大自然的无常笼罩上一层薄薄的神秘面纱；同时叙述山中驰名的石花湖之大难以渡过，富士山之高难以尽收眼底，展现了一幅大自然的壮伟图景。其反歌唱出"富士山颠雪不消，夏日稍消夜

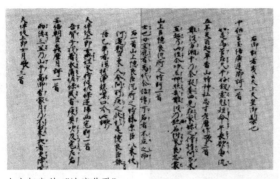

山上忆良的《沈疴作歌》
（西本愿寺本最古抄本）

再飘"，形象而概括地再现终年皑皑白雪的富士山的形象。赤人是抱着一种纯洁无垢的心情，接触自然，感爱自然的，所以他能准确地把握最能代表自然的富士山的真髓。他自然地被誉为"山间歌人"。

山上忆良的歌，更多地关注人，接触农民的生活实情，探求人生的意义。他的最有名的作品，是《贫穷问答歌》，富有思想性，在万叶歌中独放异彩。歌中唱出"朔风瑟瑟雨雪飘，饥寒交迫实难熬""人间世道实艰难，呼天叫地又奈何"！这首歌吟咏农民在横征暴敛下的贫困挣扎的悲惨现实和世态炎凉，字里行间表现了歌人满怀郁悒的悲情，将他的"为人生"的文学思想充分地发挥出来，将歌人的感情抒发提升到仁爱的思想水平。忆良是以"述其志"作为抒情歌的自觉，是含有一定的批判意识的，所以他有"人生派"或"社会歌人"之称。

大伴旅人有名的游宴歌，深受中国老庄思想的影响，尤其是即兴吟咏的赞酒歌和咏梅歌，在感爱之情中表现了一种风雅的享乐的思想，颇富浪漫性。他的著名《赞酒歌十三首》，借酒消愁，浇释人生，唱出许多名句，其中有："今生享乐尽其时，来世愿化鸟虫鱼。"在大伴旅人的歌谱系中，与"赞酒歌"一起占据着同样重要位置的是三十二首《梅花歌》，绽梅落梅兼颂，咏出"家中园梅花纷落，疑似春雪满天飞""梅花竞开夺雪色，今正盛时几人来"等名句。伊藤博评价说："这些歌像从'散落'群到'绽开'群似的，长长地展开了连锁与交响。"（《〈万叶集〉的歌人与作品》）

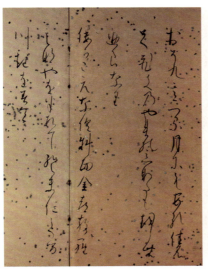

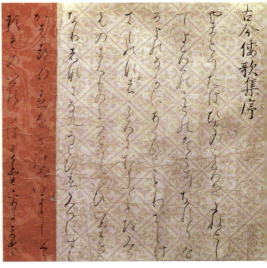

《古今和歌集》卷 17
（元永本，平安时代）

《古今和歌集》假名序
（卷子本，平安时代）

　　万叶歌中的东歌和戍边歌颇具庶民性，以粗犷奔放、质朴健康为其特色，它们在《万叶集》中是特异的存在。

　　《万叶集》之后，汉诗盛行数十年，和歌一度式微，无一名当时的歌人留名于世。直至延喜五年（905 年）纪贯之奉醍醐天皇敕命编撰了《古今和歌集》,这是日本文学史上第一部敕撰和歌集。它的假名序和真名序(汉文序)，除了涉及和歌的本质、功能、风格、内容与形式等歌论的基本问题，以及和歌发展史、和歌编纂等问题之外，首先批评了重汉诗轻和歌的现实，其次提倡作和歌，将和歌编入日本文化网络之中，高度评价和歌的价值，在复兴和歌，以及确立和歌的正统性方面，起着重要的历史作用。

　　《古今和歌集》建构了敕撰和歌集的新模式，此后至 15 世纪中叶这段日本和歌史，以敕撰集为中心展开，代表了当时和歌的最高水平，相继敕

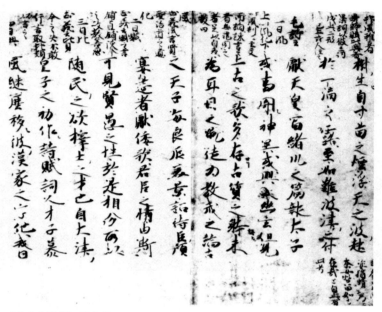

《古今和歌集》汉文序
（平安时代）

撰的和歌集主要有《后撰和歌集》《拾遗和歌集》《金叶和歌集》《词花和歌集》
《千载和歌集》《新古今和歌集》，总称《八代集》。此外还有《后拾遗和歌集》
《新撰和歌集》《续后撰和歌集》《续古今和歌集》《续拾遗和歌集》《新后
撰和歌集》《玉叶和歌集》《续千载和歌集》《续后拾遗和歌集》《风雅和歌
集》《新千载和歌集》《新拾遗和歌集》《新后拾遗和歌集》，以及最后一部
敕撰集《新续古今和歌集》等，通称《十三代集》，两者总称"二十一代集"。
其中在和歌史上占有最重要地位的，是《古今和歌集》《后撰和歌集》和《拾
遗和歌集》，由于它们分别由醍醐、村上、花山三代天皇、上皇敕令编撰，
故史称《三代集》。

　　《古今和歌集》大多数歌的歌风与《万叶集》不同，古今歌风纤细优

美、平淡澄明，语言洗练、歌调雅正，倾于内向性和世俗化，形成古今时代的以自然与恋爱为双轴的新歌风，具体表现如下：首先，古今歌对自然表现出比较自觉的关心，不是客观描写自然，而是将主观投入自然，对自然和季节的感受是非常纤细的；其次，恋歌的歌风内向、含蓄婉约，从实际到虚空，乃至到梦境，展现爱的心路。

《古今和歌集》序文列举了僧正遍照、在原业平、文屋康秀、喜撰法师、小野小町、大伴黑主六名歌人加以评论，和歌史称他们为"六歌仙"。在他们当中在原业平和小野小町颇具代表性，他们的作品多留存于世。他们两人都是以恋歌见长，

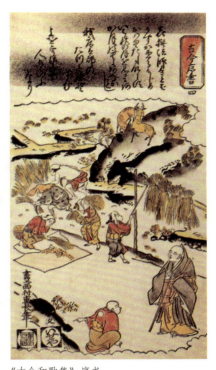

《古今和歌集》序书
（西村重长绘）

共同特色是"以梦托情"。在原业平咏歌："昨夜梦中幻境虚，今朝愈觉影依稀。"小野小町唱出："梦里相逢人不见，若知是梦何须醒。"不同的是，在原业平的恋歌常常使用隐喻法，以自然物象来寄托恋情，比如："秋野朝露沾湿衣，莫如偶逢夜涕泣。"而小野小町作为女歌人，她以更激越的感情，唱出自己炽烈的爱恋："痴泪如珠湿衣袖，恰似江水滚滚流。"

继《古今和歌集》之后诞生的敕撰集是《后撰和歌集》《拾遗和歌集》二集。根据《本朝文粹》记载，《后撰和歌集》乃是"振兴万叶曩篇，知百代遗美"。它主要集录《古今和歌集》遗留的歌及《古今和歌集》以后

三十六歌仙之一小野小町像
（选自佐竹本《三十六歌仙绘》，镰仓时代）

创作的歌。其中以纪贯之的歌占多数，伊势、凡河内躬恒、纪友则、藤原
兼辅、藤原大辅、藤原时平、藤原师辅、在原业平、藤原实赖、藤原敦忠
等次之。歌类以四季歌和恋歌居多，余为杂歌、离别歌、羁旅歌、庆贺歌、
哀伤歌等。本集的最大特点是：歌风渐趋风雅，甚或风流和"好色"，形成
"风骚之道"。反映了当时政治和谐，社会生活安定，以及贵族的日常生活
和人际关系。

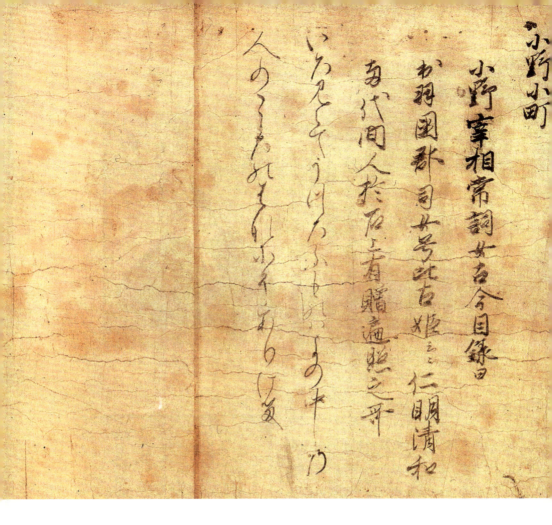

　　《拾遗和歌集》，顾名思义，乃采录《古今和歌集》《后撰和歌集》时代乃至《万叶集》时代未收录的遗留的歌之谓也。它多继承《古今和歌集》宫廷咏歌的传统，又打破传统，强化歌语意识和审美的情趣，尤其是女歌人的歌热情奔放，给歌坛吹进了新风，又显露出革新和歌的倾向。歌集分类为四季歌、庆贺歌、屏冈歌、咏物歌、杂歌、恋歌、哀伤歌和神乐歌等，其中四季歌和屏风歌的比重很大。本集重点收录职业歌人的歌作和前代的古歌，其中以柿本人麻吕、纪贯之所遗留的歌最多，均超过百首。

《新古今和歌集》序
（为相本，镰仓时代）

《新古今和歌集》编者藤原定家像
（道胜法亲王绘，江户时代）

总的来说，《三代集》中，《古
今和歌集》是敕撰和歌集的先驱和
典范，《后撰和歌集》《拾遗和歌集》
两集虽继承其歌风，但编撰方面是
无法与之比肩的。以《古今和歌集》
的问世为契机，和歌迎来了中兴的
新时期。以鸟羽院为中心形成的大
宫廷和歌圈，努力挖掘新歌人，优
秀歌人辈出，新歌风开始兴起。藤

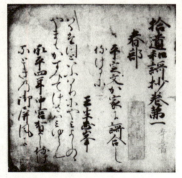

《拾遗和歌抄》
（贞和本，镰仓时代）

原定家为建立新的歌风正进行着个人的探索，主张确立"咏歌求心，心以
新为先。词求古，不出三代集"（《咏歌大概》），从而逐渐从个人的试行实践，
发展成为以新古今歌风为追求目标的歌坛一个流派。为此，藤原定家编撰

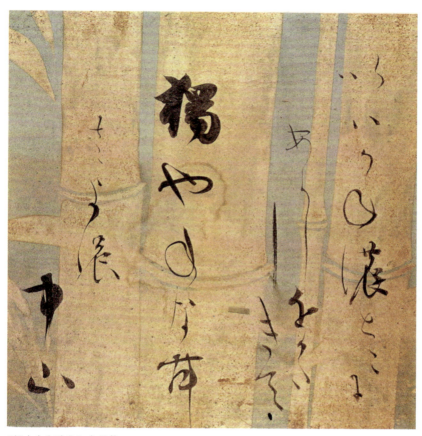

《新古今和歌集》色纸帖
（俵屋宗达绘，本阿弥光悦书）

《新古今和歌集》《近代秀歌》《百人一首》等，将和歌推向了又一个高潮。其中他与多人合编的最后一部敕撰和歌集《新古今和歌集》，确立了和歌独特的象征性新歌风，与《万叶集》《古今和歌集》一起，成为日本和歌史上的三大潮流。它是经过万叶时代以来三百余年的和歌发展，使歌学思想更趋成熟，作歌技巧也日益圆熟，抒情与叙景浑然，闲寂的象征与余情

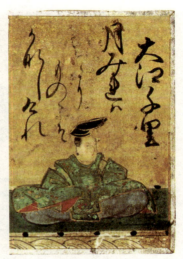

《百人一首》歌人之一素性法师像
（选自《百人一首歌碑》，道胜法亲王绘）

《百人一首》歌人之一大江千里像
（选自《百人一首歌碑》，道胜法亲王绘）

的幽艳结合，创造了幽玄的新歌风，标志着和歌的历史转折，从古代古朴纯雅的和歌旧风，向近世余韵幽远的和歌新风飞跃。

在第一部和歌集《万叶集》诞生十多年之前，就已问世了汉诗集《怀风藻》。《怀风藻》与《万叶集》以恋歌为主不同，它收录的汉诗，多属言志诗，只有两首恋歌。其中最古的汉诗，是大友皇子的《五言侍宴一绝》，全诗写道："皇明光日月，帝德载天地。三才并泰昌，万国表臣义。"这首诗很明显受中国六朝诗的影响，与六朝陈后主作《入隋侍宴应诏》一诗的"日月光天德，山河壮帝居。太平无以报，愿上万年书"十分相似。继大友皇子之后尚留存汉诗于世者，就是大津皇子和文武天皇。当时他们多从《文选》《玉台新咏》等借用诗句，明显地模仿六朝诗，流行宫廷的侍宴诗，以咏物、言志抒怀居多。

《怀风藻》的诞生，促进汉诗的流行，催生了三大敕撰汉诗文集《凌云集》《文华秀丽集》《经国集》，被公认为正统的文学，有压倒和歌之势；同时，出现了空海的诗文评论集《文镜秘府论》，迎来了汉诗文的第一个繁荣期。日本汉文学成为"大陆文学圈"的边缘，展开独自的日本汉文学的历史。

汉诗集《凌云集》（左）、《文华秀丽集》（右）并序

　　三大敕撰汉诗文集是奉天皇敕令编撰的。编撰《凌云集》的目的，正如嵯峨天皇下敕令编撰《凌云集》时所说的："经国治家莫善于文，立身扬名莫尚于学。"在集子的序文中还强调"文章者经国之大业"，以儒家"文以载道"的基本理念作为编纂的指导方针，以及以孔子在《论语》中所述的"循循然善诱人""博我以文，约我以文"作为编纂的态度和规范。因此，《凌云集》采录的汉诗，大多是以嵯峨天皇为中心的诗宴上君臣唱和的诗，主要赞颂天皇的帝业和功德。

　　《文华秀丽集》虽也是奉嵯峨天皇敕令编撰，但诗的"文章经国"色彩不如《凌云集》，在序中主张"艳流映绮靡"以"增华"的诗风，比如嵯峨朝的主要诗人之一菅原清公，以及巨势识人、朝野鹿取的长诗就颇具唯美的诗风，出现了《凌云集》所没有的艳情诗。较有代表性的是这集子的重要作者之一的朝野鹿取的《奉和春闺怨》，这首诗将丈夫出征、妻守空闺的心情，用了"欢未尽""肠已绝""愁怨情""独啼虚""泪如玉箸流无断""不堪独见落花飞"等最哀怨状态的词吟了出来，尽情地抒发了个

《新撰万叶集》一和歌一汉诗

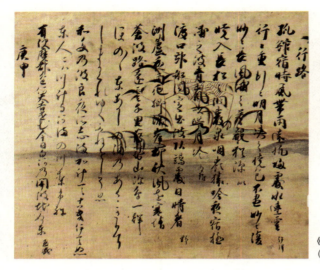

《和汉朗咏抄》
（藤原伊行抄）

人的感情，实为这个时代艳情诗的佳作之一。从集名取"文华秀丽"，也可窥见编纂此集的意图。

《经国集》是在嵯峨天皇已让位给淳和天皇治世期间，淳和天皇敕命编纂，集名直接采自"文章经国之大业"句。除了诗之外，还收录赋、序文、对策等，这是前两部敕撰集《凌云集》《文华秀丽集》所没有的，可以说是一部诗文合集，其规模比前两集都大，但今已多散佚。作为敕撰汉诗文集，首度采录空海等僧侣和有智子内亲王、姬大伴氏等宫廷女性的诗作。此前一般女性很少学汉籍，汉文学底子差，且汉文不如和文好，多作和歌，很少写汉诗，此时女性写作汉诗，并且成就非凡，从一个方面反映了汉诗作者群的扩大，汉诗在上层和知识分子中更加普及。男性咏美人的歌也增多。嵯峨天皇首先就写下颂女性的诗："玉手争来互相推，纤腰结束如鸟飞。蹋公双腰透树差，曳地长裾扫花却。"诗集还增加了咏日本本土景物和风

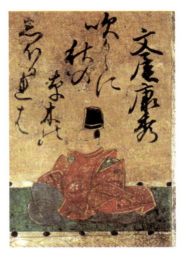

《百人一首》歌人之一后鸟羽院像
（选自《百人一首歌碑》，道胜法亲王绘）

《百人一首》歌人之一文屋康秀像
（选自《百人一首歌碑》，道胜法亲王绘）

情的诗，尤其是表现日本人美意识的秋之哀感的《赋秋可哀》等，很有代
表性。

这三大敕撰集，从内容来说，比起《怀风藻》来，增加了艳情、乐府、
梵门、哀伤、杂言等诗，而且诗的内容更多吟咏日本本土的风土人情，体
现本土的审美价值取向，比如重恋歌、重季节感。诗的形式以七言诗代替
五言诗，占居多数，出现长诗，且重平仄押韵。总之，这一时期的汉诗文，
既比《怀风藻》时期对中国的文学有了更多的理解，又注意提高对日本文
学的自觉与和汉文学的融合，初展日本文学的特色，尤其是菅原道真提出
吸收中国文学坚持"和魂汉才"的精神，出现了日本汉文学发展的新动向
和日本文学本土化的新倾向。比如，菅原道真在《菅家文草》中引用、活
用《白氏文集》的诗达五百余首，并有所创新和发展，促使汉文学实现日
本化。

物 语

　　日本古代散文文学最早出现的是"物语"这个文学模式。所谓"物语"，是将发生的事向人们仔细讲说的意思。这是将日本化了的文体与和歌并列使用而创造出来的，是日本最早的小说模式。《竹取物语》《伊势物语》的出现，便正式确立了物语这个日本古代文学的新体裁，推动着日本古代文学的变革和发展。

　　物语文学最先分传奇物语与歌物语两类。传奇物语，如《竹取物语》，

《竹取物语绘卷》"升天"

是对民间流传的故事进行加工和创造，增加其虚构性，赋予浪漫色彩，并加以艺术的润色，提炼成比较完整的故事。歌物语，如《伊势物语》，则与中国的"本事诗"近似，和歌与散文结合，互为补充，叙说着世间的故事和人间的情感。这两类物语文学都是脱胎于本土或外来的神话故事和民间传说，形式都是由一个个相对独立又互相联系的短故事组合而成。这两类物语文学向独立的故事发展，经过以传奇为主的《竹取物语》、传奇与写实结合的《宇津保物语》到写实的《落洼物语》，将物语长篇化，接着产生了长篇的虚构物语。

《竹取物语》，又名《辉夜姬物语》，是最早的一部以散文为主、适当并列使用和歌的物语作品。《竹取物语》的"竹取"，即伐竹之意。故事记述伐竹翁在竹筒中发现一个三寸长的小人，带回家中盛在竹篮里抚养。三个月后，小人长大成一个姑娘，姿容艳美，老翁给她取名辉夜姬。从此老翁伐竹，常常发现竹节中有许多黄金，不久便成了富翁。这时石作皇子、车持皇子、右大臣阿部御主人、大纳言大伴御行、中纳言石上麻吕五人热烈向辉夜姬求婚。辉夜姬故意出难题：谁若寻到她需要的罕见宝物，就表明有诚意，自会许配给他。这五个求婚者，有的去冒险寻宝，有的采用欺骗手法求宝，皆落了空，还滑稽地出了丑。之后当时权力的最高代表——皇上也企图凭借权势，亲自上门逼辉夜姬入宫。辉夜姬坚决不从。最后在一个中秋之夜，皇上派出千军万马试图抢亲。辉夜姬留

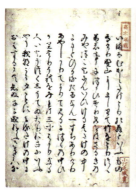

庆长刻版本《竹取物语》

《竹取物语绘卷》"化生"

下不死之药，穿上天衣，升回月宫去了。皇上令人将不死灵药放在最接近苍天的骏河国的山顶上，连同自己的赠诗"不能再见辉夜姬，安用不死之灵药"一起烧成了烟。从此这座山被称为"不死山"，烟火至今不灭。日语"不死"二字与"富士"谐音，这或许也是富士山名之由来吧。

　　从这个故事的梗概可以看出，《竹取物语》是由化生、求婚、升天三部分构成，结构严谨，故事生动。作者通过庸俗的求婚与机智的抗婚这条主要矛盾的线索，突出了对金钱与权势的蔑视和抗争，以嘲弄、奚落、痛斥乃至抗争的方式，淋漓尽致地揭示了当时皇族官人乃至皇上的无知与虚伪，从客观上起到了一定的讽喻现实的作用。

　　《伊势物语》是日本第一部歌物语，它是以和歌为母胎发展起来的。说得具体点，是由《在原业平集》的和歌为中心发展而来的。它由

扇绘《骏河宇津山路深》
（尾形光琳据《伊势物语》情节绘）

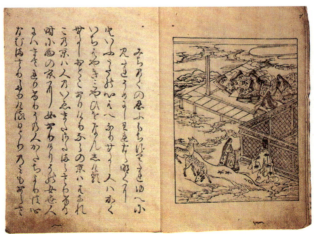

《伊势物语》插图
（嵯峨本，本阿弥光悦绘）

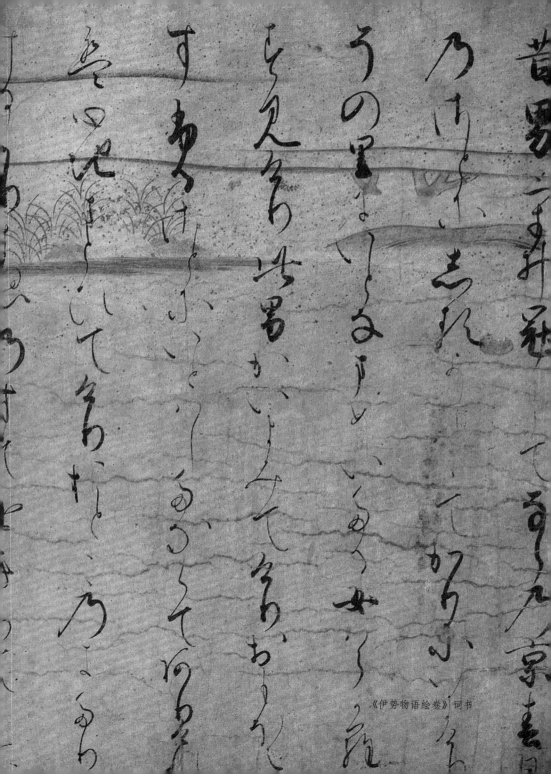

昔、男

《伊势物语绘卷》词书

《伊势物语绘卷》"在原与姐妹相遇"

一百二十五话、二百零六首和歌（也有的版本为二百零九首）并列构成，
每话联系不大，主要通过歌人在原业平的"风流""好色"的每个小故事
松散地贯穿起来，没有完整、统一的情节。写的是主人公举行初冠（日本
古代贵族十一岁至十六岁时举行的成年仪式）、外出游猎，以及在宫廷内
外的恋爱情事，一直到他临终赋诗感慨人生。书中描写的主要是男女间的
情爱。其中有男女的纯真爱情，夫妇的恩爱；也有男人的偷情，女人的见
异思迁。它表现了风流的情怀，好色而不淫。也有的地方对王朝歌功颂德，
对暮年悲伤慨叹；有的地方则注意到对社会生活主要是贵族生活的描写，
如皇上行幸，高官宴饮；有的地方则是对景致的描写，以景托情；也有个
别地方写到了身份低微之人，如"在荒凉乡村里的美女""在农村耕作的
人""身份卑贱的仆役"的生活，从不同角度揭示了喜怒哀乐的种种世相。

《叶月物语绘卷》"懊恼的女官"

在这种物语文学发展的状态下，《宇津保物语》诞生了。书名原为《うつほ物语》，日语"うつほ"是空洞之意。以开卷第一个故事主人公藤原仲忠与其母在北山杉林的大杉空洞中生活的故事，根据训读或音读不同，可写作《宇津保物语》或《空穗物语》。故事结构由三部分组成，第一部分"赛乐"，描写以争夺美女贵宫为中心的故事；第二部分"国让"，描写围绕立太子的政争故事；第三部分"高楼"，描写仲忠经历恋爱和政争的失败，超然于世的故事。也就是说，这三部分各自形成独立的小故事，全书的主人公藤原仲忠活跃于整个故事的大舞台上，各类出场人物众多，展开恋爱和政争而粗陈其故事。其主题突显平安王朝贵族社会立太子纷争和相关的恋爱生活，增加了浓厚的现实性。同时又通过学琴，磨炼艺道，甚至将音乐神秘化，来宣扬崇高艺术精神的力量及其不灭之美，贯穿了追求艺术的理想。作者也许其时没有意识也没有能力将两者作对照，而开拓更富积极的社会生活内容的主题，只好以超自然的描写，在调和矛盾中结束了。

《叶月物语绘卷》"道纲母子"

　　继《宇津保物语》稍后问世的《落洼物语》，是一个中篇物语。这部物语描写中纳言源忠赖的女儿受到继母的冷落，被迫住在一间地势低洼的屋子里，因而人们把她叫作"落洼"。落洼在家中备受虐待，侍女阿漕同情她。在阿漕和阿漕的丈夫——左近卫少将道赖的仆人带刀的帮助下，落洼认识了少将。少将真诚地爱落洼，并娶她为妻，过着美满的生活。为此继母怀恨在心，对阿漕和带刀加以打击，另一方面少将对中纳言一家进行种种无情的报复。源忠赖故去之后，继母被彻底整垮，最后少将等见继母略有悔悟便宽恕了她，对她加以庇护，从而清除了家庭的冲突。

　　如果说《竹取物语》等三部物语作品是以神仙谭为中心或始末的超现实的作品，以及以和歌为主体的作品，那么《落洼物语》完全是以散文为本，立足于描写现实生活，人物性格的塑造通过人物的说话、动作，并辅以书信、和歌加以表现，人物的心理刻画也非常细腻，初具典型性，还反映了许多庶民风俗和采用了许多会话技巧。它在完成日本古代小说模式方面起着重要的先驱作用。

以上四部物语作品风格不同、题材迥异，但有一个共同点就是将文学作品，从单纯记神怪与写逸事的狭窄天地，引向了现实生活的广阔道路。它们揭露社会矛盾，歌颂进步理想，鞭挞落后思想。从作品中可以看出，尽管作者极力控制自己的思想与感情，尽量地将故事作纯客观的描写，我们从中还是不难看出它们所蕴含的对真善美的追求，以及对假恶丑的暴露和不同程度的批判。在日本小说史上，这是首创的，而且无疑是成功的。当然，这

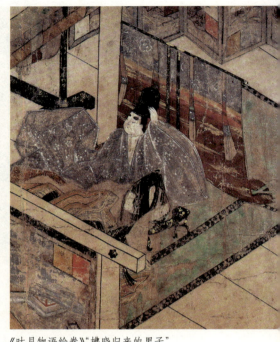

《叶月物语绘卷》"拂晓归来的男子"

些作品除了程度不等地表现一定积极意义外，还含有一些不可忽视的消极因素，明显地杂有许多宿命、虚无、遁世、调和等思想，比如《伊势物语》对在原业平的描述有粉饰他空虚、无聊生活的一面，《落洼物语》中少将和落洼最后同继母的言和，《宇津保物语》在调和矛盾中结束等，似可以说明这个问题。作者们往往是让人物性格发展到顶点时，就以调和或者妥协来收束他们笔下的故事。在许多情况下，甚至把贵族人物理想化。这就是通常所说的时代和历史的局限，是不可避免的。

总而言之，这四部物语开始注意到了曲折的情节、比较完整的结构，以及人物性格的细节描写，使之具备小说的规模。同时，它们开始摆脱古

《宇治拾遗物语绘卷》"俄鬼寻食"
（狩野派画，江户时代）

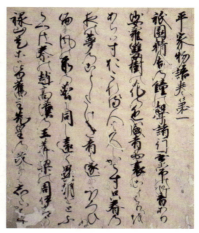

觉一本《平家物语》第一卷卷首

《大和物语绘卷》"大伴黑主故事"

代寓言、神话、史传的色彩而转向对现实生活——大部分是恋爱生活和政治生活（政争）的描写，突显了贵族社会的种种世相，表现了写实与浪漫的结合。还有，这四部物语作品经过有意识的虚构，在不同程度上增加了生动的对话和某些心理描写，初具小说的虚构性、现实性和批判性三个基本要素，三者开始形成一个有机的统一体。在古代小说形成之初，能够达到如此水平是很不容易的，也是很有价值的。它们促进日本古代长篇小说的成熟，

《宇治拾遗物语绘卷》"海贼发心"

催生着《源氏物语》的问世。

《源氏物语》就是统合虚构物语与歌物语两者，以写实与浪漫手法虚构的故事与诗歌相结合构成，拥有独自的文学想象力的空间，形成一种新的物语品种——创作物语，它是一种颇具规模的长篇小说形式，从而将日本古代物语文学推向最高峰。

《源氏物语》的作者是侍奉中宫的女官紫式部，她以源氏为代表的皇室一派和以弘徽殿女御为代表的外戚一派之间的矛盾和斗争作为背景，描写源氏的爱情生活，却不是单纯描写爱情，而是通过描写源氏的爱恋、婚姻来反映一夫多妻制

《落洼物语绘卷》"夏"
（奈良绘本）

下妇女的欢乐、愉悦、哀愁与悲惨的命运。作者笔下的众多妇女形象，有身份高贵的，也有身世低微的，但她们的处境都一样，不仅成了贵族政治斗争的工具，也成了贵族男人手中的玩物。小说着墨最多的是源氏及其上下三代人对妇女的摧残。源氏的父皇玩弄了更衣，由于她出身寒微，在宫中备受冷落，最后屈死于权力斗争之中。源氏倚仗自己的权势，糟蹋了不少妇女：半夜闯进地方官夫人空蝉的居室玷污了这个有夫之妇；践踏了出身卑贱的夕颜的爱情，使她郁郁而死；看见继母藤壶肖似自己的母亲，由思慕进而与她发生乱伦关系；闯入家道中落的末摘花的内室调戏她，发现她长相丑陋，又对其加以奚落。此外，源氏对紫姬、明石姬等许多不同身

《住吉物语绘卷》"女官们"

《源氏物语绘卷》"源氏与玉鬘枕琴共衾的风情"

《住吉物语绘卷》"正月郊游"

《源氏物语绘卷》"源氏在雨中撑伞走去末摘花邸"

份的女子，也都大体如此。在后十回里出现的源氏继承人薰君（他名义上是源氏与其妾三公主之子，实际上是三公主与源氏的妻舅之子柏木私通所生）继承了祖、父两辈人荒淫的传统，摧残了孤苦伶仃的弱女浮舟，又怕事情败露，把她弃置在荒凉的宇治山庄。在这些故事里，不难看出这些乱伦关系和堕落生活是政治腐败的一种反映，和他们在政治上的没落与衰亡有着因果的关系。作者写道源氏营造的六条院原被世人誉为琼楼玉宇，在源氏逝后"必然被人抛舍，荒废殆尽"，并慨叹"此种人世无常之相，实在伤心惨目"，更证明作者对贵族社会走向崩溃的趋势是有强烈的预感的。

在这个方面，日本学者多有论述，举两例为证：龟井胜一郎写道："从某种意义上说，《源氏物语》是烂熟了的王朝的'病态部分'"，"在从藤原道长至赖通摄关政治的黄金时期，也可以说在藤原家族的荣华巅峰时代，读这部物语的人，无疑在内心会感觉到其荣华已开始从内部腐败并逐渐崩溃。同时应该会感觉到也是自己的崩溃"（《日本人的精神史》）；加藤周一评说："女流作家用本国语文表现人们的日常生活体验、思想感情，通过男女间的爱情生活反映社会的变化，它不是肤浅的言情小说"（对谈录《日本文化与文学》）。

总之，《源氏物语》现实地反映了时代与历史的潮流，虽也写了源氏等的好色和风流，但也是为了折射与之相伴而产生的矛盾、人心的嬗变、世间无常、荣华背后的衰落，隐蔽式地从内面揭示了这个贵族社会盛极而衰的历史趋势，堪称为一幅历史画卷。应该说，这是有深层的历史意义、深邃的文化内涵的。作者通过源氏三代乱伦的描写和"原罪意识"的揭示，进一步对他们心灵的救赎和人性的紊乱的反思，很明显也是要在艺术审美表现上创造一种悲剧的形态。

当然紫式部既感到"这个龌龊可叹的末世……总是越来越坏"，不满当时的社会现实，哀叹贵族社会的没落，却又无法彻底否定这个贵族社会，更未能自觉认识这个贵族阶级退出政治舞台的历史必然性，所以她在触及贵族政治腐败的时候，一方面谴责了弘徽殿女御一派的政治野心和独断专行，另一方面又袒护源氏一派，并企图将源氏理想化，作为自己政治希望的寄托，对源氏政治生命的完结不胜其悲。书

紫式部的面影

《源氏物语绘卷》源氏怀抱熏君的场面

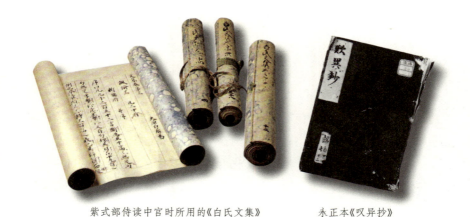

紫式部侍读中官时所用的《白氏文集》　　　　永正本《叹异抄》

中第四十一回只有"云隐"题名而无正文，以这种奇特的表现手法来暗喻源氏的结局，正透露了作者的哀婉心情。

在《源氏物语》创作方法上，作者克服了此前物语只重神话传说或史实、缺乏心理描写的缺陷，认为物语不同于历史文学只记述表面粗糙的事实，其真实价值和任务在于描写人物的内心世界。在审美观念上，则继承和发展了古代日本文学的"真实""哀""空寂"的审美传统，因而对物语文学的创作进行了探索和创新，使其具备了小说的虚构性、现实性和批判性三个基本要素，构建了一个有机的统一体。总之，《源氏物语》是一部有很大成就的作品，它开辟了日本物语文学的新道路，将日本古典写实主义推向一个新的高峰。

这些物语作品的诞生，标志着日本散文文学拥有了自己的独特形式、规模和特色，并且使古代的日本小说日臻成熟，日本古代文学也进入一个新的更多样化的历史阶段。

随着时代的变迁，物语文学不断发展，至近古，产生了历史物语、战记物语、说话物语等类型的物语文学，其中战记物语掀开了物语文学新的一页。在日本历史上，平安时代末期经过"保元之乱"和"平治之乱"揭开了日本称之为"中世"的历史序幕。由于皇室内部争权而引发的"保元之乱"之后，武士势力已有很大的发展，成为举足轻重的力量，预示着武士时代的到来。以"保元之乱""平治之乱"的经过写就的《保元物语》《平治物语》，以及其后问世的《平家物语》《承久记》，在文学史上称作"四部之大会战书"。

《保元物语》和《平治物语》是战记物语完成期最早的两部姐妹篇作品。前者是围绕平安王朝末期皇室为皇位继承问题而展开的保元之役的故事，立体式地描写了战争的经过，以及主人公源为朝所表现出来的刚强和勇武，塑造了一个"勇猛、武道皆独步古今之间的"武士丰满的艺术形象；后者描写保元之役后，平源二氏两大武士集团经过平治之役，源氏衰落、平氏兴盛的始末，浓重着墨于武士源义朝、平清盛的刚勇风貌。但是这两部文学作品，无论在艺术结构还是在表现技巧方面都十分相似，还尚未达到圆熟的地步。《平家物语》的出现，标志着战记物语在艺术上实现了第一次的重要飞跃，标志着镰仓武士时代战记物语进入了完成期，并象征着民族英雄史诗时代的到来。

《平家物语》作者不详，故事从天承二年（1132 年）平忠盛升殿，荣任公卿拉开序幕，至建久九年（1198 年）其嫡系六代玄孙被处极刑，结束了平家氏族六十余年盛衰的历史，对于忠盛的荣升过程和这过程中发生的保元之役、平治之役这段历史故事，作者用简笔带过，将笔墨集中记叙忠盛之子平清盛经过数次大战役，击败敌手源氏家族，其妻妹

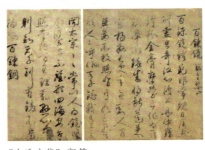

《白氏文集》断简
（传菅原道真抄）

《平家物语》屏风图
"富士战役"

也受鸟羽院之宠并生下皇子，其女德子纳入中宫，尊号建礼门院，后生下了安德皇子，平家获鸟羽院的信任，青云直上，官至太政大臣（出家后称"入道相国"），掌握了中央的政治实权，压倒旧贵族的势力，并立三岁的安德为幼帝，达到了鼎盛。

但是，平清盛执政后，推行极权政策，专擅政事，破坏佛法，藐视朝威，遭到白河法皇等皇室和旧贵族的反抗。他对反抗者采取果敢的措施，加强镇压，软禁法皇，流放和杀戮所有政敌，焚烧反抗僧兵的寺院。这预示平家在鼎盛中，潜伏着危机。于是怀才不遇的皇子以仁王与源赖政共谋推翻平氏，但起事败露而告失败。平家的六代子孙尽享荣华，过着旧贵族式的奢华生活，最终走向了贵族化，政治腐败无能，已丧失新兴武士阶级所代表的先进力量。而一直保持新兴武士阶级本色的源氏势力，多年积蓄力量，试图东山再起。源赖朝为首的源义仲、源义经等源氏势力，趁平家与皇室之间因权力之争而产生矛盾之机，举兵讨伐平氏。源氏征战多年，于坛浦展开最后决战并获全胜，平氏六代或战死，或被抄斩，安德天皇则在其祖母二位尼怀抱下与三件神器一起投入海中。其母建礼门院德子企图投海自尽未遂，被源氏救起，送至大原寂光院度过孤寂的余生。从此平家的子孙绝灭了。

作者以贵族阶级的衰亡和武士阶级的兴起这一重大历史转折为背景，

《平家物语绘卷》"元历大地震"

《平治物语绘卷》"火烧三条殿卷"

《平家物语绘卷》"平清盛上阵"

《平家物语》屏风图
"宇治夺魁"

以两大武家平氏与源氏之战为经线，以当时诸势力的政治角逐和悲恋故事为纬线，展开了平氏一家盛极而衰的悲剧命运，以及武士生活的种种世相。这是源于真实的历史，它不是虚构的世界而是事实的世界，然又在事实真实的基础上对人物的内心世界进行深层挖掘，赋予人物典型化的性格，使真实与虚构的结合，达到了艺术上的完美统一，提高了其作为战记物语的文学水平。

据日本学者考证，从平安时代至镰仓时代创作了二百部以上的物语文学作品，现仅存约四十部。可以说，物语文学的出现，在日本小说发展史上具有划时代的意义。

日记·随笔‖

　　作为散文文学重要组成部分的日记文学，与物语文学的产生一样，源自日本化了的文体与和歌的结合。最原始的日记文学莫过于《万叶集》中大伴家持的歌日记，日记主要依附于和歌。平安时代中期出现了第一部日记文学，即纪贯之的《土佐日记》，它以散文为主，并插入不少和歌。《土佐日记》问世后，女性日记日渐流行起来，女歌人伊势的歌会日记《亭子院歌会》、藤原道纲母的《蜻蛉日记》、和泉式部的《和泉式部日记》、紫式部的《紫式部日记》、菅原孝标女的《更级日记》等相继问世了，它们与《土佐日记》并称为平安时代的五大日记文学，大大地推动了散文文学的发展。

　　《土佐日记》在日本文学史上的意义是开创了日记文学。作者基本上运用新创造的民族文字——假名文字进行创作，第一次将文字与日常语言结合起来，可以更好、更自由地表现作家个人的思想感情，实现了从汉文公家日记到日记文学的变革，同时为了达到表现其主题的艺术效果，不完全是纪实，而是有意识地在某些事件上采用作为文学创作方法的虚构表现手段，为其后的物语、女性日记、随笔等散文文学打下了基础。

　　作为女性日记文学最早问世的是藤原道纲母的《蜻蛉日记》。这部日

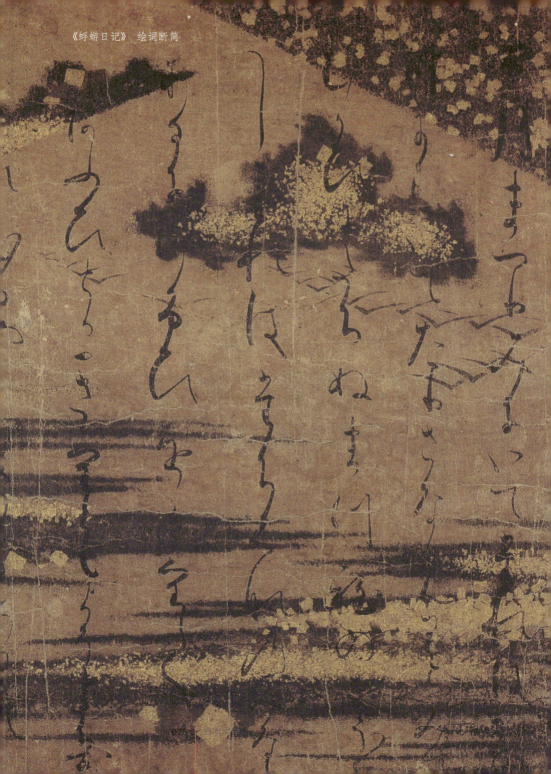

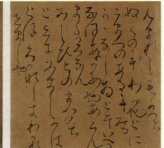

《土佐日记》抄本
（藤原为家手抄）

纪贯之画像
（菊池契月绘）

藤原道纲母画像
（狩野探幽绘）

和泉式部访性空上人
（选自《誓愿寺缘起绘卷》）

记文学主要以散文与和歌结合，其间也插入一些书简，相辅相成，实录式地记录了出身权门世家的藤原家之女，在少女时代生活的寂寥，以及作为一夫多妻制下的贵族之妻的爱情生活纠葛和男尊女卑的困扰。作者感慨人生的不安和无常，女人命苦如蜉蝣，故以此命书名。作者是这样解释的："这样岁月流逝，遭际不尽人意，经常独自嗟叹，新年也郁郁寡欢，深感世态无常，心绪便如蜉蝣，故称《蜉蝣日记》。"

作者在日记里，如实地记载了四时行事、生老病死、婚嫁习俗和自然风物等。可以说，它既是一篇人生的自白书，有着透彻的人生观照；也是一幅风俗的绘画卷，展现了大和多采的风情。全部日记，以假名书写，插入短歌一百一十九首、长歌和连歌各两首，这些歌，有的是独咏歌，有的是赠答歌，同时，在日记中大量使用"哀"和"空寂"这种表现日本传统美意识的词，显示了她的文字功力、歌艺的魅力和审美的价值取向。从日记全三卷的结构来说，上卷主要记录已有妻子时姬的藤原兼家向她求婚、结婚、生子，町小路女作为其夫的情人而夺其所爱，以及时姬的存在使她产生嫉忌之情，痛感自己的地位不稳定，开始过着苦恼的生活。中卷是全日记的精华所在，以散文为主，歌文相兼，载录自己在一夫多妻制下的生

和泉式部画像
（狩野探幽绘）

《紫式部日记绘卷》"夜半叩门人"

活遭际。对自己作为妇女的悲运，有时表现了激越的愤懑，有时流露了孤寂的苦恼，甚至一度深感绝望，想轻生，写下遗书，并产生削发为尼的念头，企图皈依神佛，寻求宗教式的救济，体现人情三昧，再现了真实的人生。下卷写与丈夫分居后，爱子和养女成家立业之事，笔锋已失去中卷那种激越的情感，渐生闲寂之情，平静而客观、细腻地写了自己身边的琐事，参拜神社佛寺，深感人世无常，万事可哀，情不自禁地迎着冬日的寒夜，长叹"单叶孤枝叹息深"，从而直率地坦白了自己的心像风景并进行了心灵的拷问。它长久地润育着日本私小说、心境小说的幼芽。

其他两部女性日记《和泉式部日记》和《紫式部日记》的作者和泉式部、紫式部出身中层贵族，都是奉召入宫当侍讲的女官。《和泉式部日记》主要以回忆的形式，记录了作者与为尊亲王婚后不久，其夫死别，深感女人的薄幸，茫然之中，为尊亲王之弟敦道亲王闯入她的生活，她与敦道亲王无拘无束地相恋的过程。这部日记以两人的一百四十五首赠答歌（内中没有一首独咏歌）为轴心，通过从夏到秋冬的季节变化，来展开她与恋人的心灵交流的内部世界。所以它不是生活的实录，而是自我观照，记录了自己对爱的心理历程，颇具主情性。可以说，它是一篇贵族女性的爱的回忆录。

《紫式部日记》则以叙述文体为主体，缀以书简体构成。以宫中的四时行事为经，作者的个人感怀为纬，以其独自个性的观察，细密地记录了她侍奉的皇后彰子生产敦成亲王，给彰子之父藤原道长家带来荣华，道长及其周围的上层贵族人物的风姿，斋院和中宫的风气，乃至女官们的仪容、服饰的比较评说，宫廷的四季盛仪，宫中的景致，以及对同样侍奉于宫中的和泉式部、赤染卫门、清少纳言三才女的才能和性格的评说，以及自我的反省，对物语文学的评论、对佛道的志向、对读经的音乐性感受和对唐乐、

《紫式部日记绘卷》"紫女掀帐探视产后的彰子"

唐绘的欣赏，还回顾纷杂的人生，记有亡夫后对孤寂的人生体验，以及自己难以融入宫中荣华生活的内省，并以其敏锐的观察力和批评眼，审视和揭示荣华的内里隐藏的衰颓的本质性的现实。尤其是末尾记载了宫中举行盛大仪式时右大臣的酒醉失态，发出了不协调音，并将这种现实与自己面对的人生遭际联系起来，加以象征化，流露了几分悔恨、孤独和苦痛之情。作为一个女作家，其对人生与社会有如此深刻的思索和批判精神是难能可贵的。

以上的日记反映了在贵族社会里，男人以读汉籍为贵，女人是不适宜读汉籍的。同时也显示了紫式部创作《源氏物语》不仅有着深入的生活体验、深厚的本土文化的功底，而且有汉文学的修养，她的成功不是偶然的，是建立在扎实的学问基础上的。《紫式部日记》作为随笔集，在日本文学史上占有独特的地位。

重要的女性日记文学之一的《更级日记》作者是菅原孝标女，日记从宽仁四年（1020年）随父赴任地至其夫病故翌年（1059年）止，以述怀自己身世的形式展开：幼年随父赴任地，向往物语文学。回京后 32 岁上结

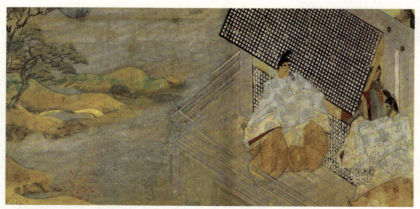

《紫式部日记绘卷》"紫女应副齐信、实成深夜来访"

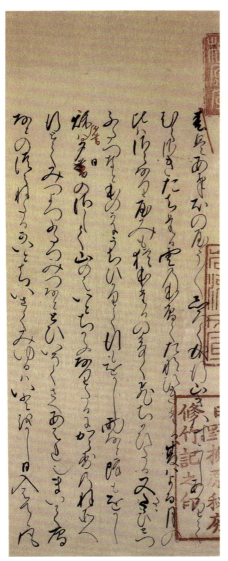

《枕草子》卷首
（柳原纪光抄）

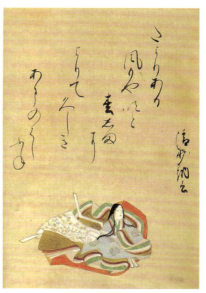

清少纳言画像
（安雄绘）

婚，丈夫赴地方任职，自己留守自宅，备尝平淡婚姻的懊恼，将全部的爱寄托在爱儿身上，入宫当女官后，贵公子源资赖与她保持淡淡的情感联系。于是她回忆起少女时代，通过伯母，与《源氏物语》邂逅后，将物语的虚构世界与自己的现实世界完全混同，乃至不时梦见源氏式的贵公子在自己的生活中出现，以及幻想着自己可能遭遇夕颜、浮舟

《挨帐看雪图》
（上村松园 据《枕草子》的清 插绘）

《对月诉衷肠》
（上村松园据《枕草子》的情节绘）

式的命运。晚年丧夫，她亲手抚养成人的儿子离散，自己经常耽溺在民间的弃老传说故事之中，开始了自己的信仰，皈依佛教，以度自己平静和孤独的余生。这是作者晚年用回忆的形式，以淡淡的笔触书写，一气呵成的。作者通过梦幻与现实的交织，感伤地观照自己不幸的人生。可以说，个人述怀成为构思这部日记的原点，它完全失去了像《蜻蛉日记》《紫式部日记》那种对现实的关注和抗争，完全脱离现实，从憧憬物语到信仰佛法，进行宗教式的思考，以寄托自己最后的理想。

可以说，这时期日记文学作者主要是女性，所以连纪贯之在《土佐日记》中开卷也喻自

《枕草子绘词》"拨响琵琶弦"

己是假托女性之笔而作的。日本文学史也通称这时期是"平安朝女性日记文学时期"。原因是当时在贵族社会里，男性贵族多使用汉文作汉诗文，乃至记日记使用汉历，也多用变体汉文书写，认为这是一种高尚、有学识教养的表现，而女性在这方面则很难被认同。紫式部在她的日记中写到当时汉文典籍是男人的读物，人们通常被这种观念所支配，哪有女性读汉文书呢？女性读汉文被认为是不幸（《紫式部日记》）。她作为中宫的侍讲，是在"很隐蔽地、趁没有其他人的时间里"给中宫讲解白居易的诗文的。所以女性日记文学使用了"和历"，且使用新创造的假名文字，这样更能自由地抒写自己的所思所感，当时的女性，除了紫式部这样的少数外，大多数人难以流畅地解读汉文，女性日记文学也因此主要以女性为对象，甚受女性读者所欢迎。

与紫式部、和泉式部并称为平安时代三大才女的清少纳言，创作了日本第一部随笔集《枕草子》，全十二卷，约分三百段，主题虽各异，然段章的结构是按照形式和内容的类似性，由列举、随想、日记回忆三种章段分类构成，内容丰富，涉及四季的节令、情趣，宫中的礼仪、佛事人事，都城的山水、花鸟、草木、日月星辰等自然景象，以及宫中主家各种人物

《枕草子绘卷》"醉后的贵人与女官"

形象和人际关系，有赞颂也有贬抑，还议论歌谣、和歌、小说、绘画、舞乐、艺道、棋道、语言，乃至涉及猜字、蹴鞠游戏等广泛的题材。作者在题跋中谈到自己创作这部集子的动机时强调了自己"这只是凭着自己的兴趣，将自然想到的感兴，随意记录下来的东西"。

作为日本随笔文学的嚆矢，《枕草子》的主要特征是：（一）从琐事中见巨细纷繁的世相。作者运用列举文、随想文、日记文诸种文体，把所见所闻的扫兴的事、可憎的事、惊喜的事、怀恋的事、愉快的事、担心的事、稀有的事、无聊的事、可惜的事、优美的事、懊恼的事、难为情的事、愕然的事、遗憾的事、感人的事、讨厌的事、可羞的事、偶感而发的中日文异同之事，以及高雅的东西、不相配的东西、漂亮的东西……都展现在散文随笔中。而所有这些"事"和"东西"都是与平安朝的时代、京城、贵族、女性和自己的个性交错相连，反映了一定的社会世相。（二）富含诗情的想象性、纤细的感受性。作者以浪漫的笔触，抒写了四季自然的瞬间微妙变化之美，以及那个春夏秋冬的四季情趣、山川草木的自然风情和花鸟虫鱼的千姿百态，不仅内容异彩纷呈，而且文字也充满诗的节奏感和韵律性。（三）确立了本土的"おかし"美理念。"おかし"即风情、有趣的审美情趣。在古代日本完成美意识的基准方面，如果说，紫式部完成了"哀"到"物哀"的审美情趣（全书用了"哀"字多达一千零四十四次，"物哀"十三次），乃属悲类型的话，那么清少纳言则完成了风情、有趣的审美情趣，在《枕草子》中使用"おかし"这个美理念的词也多达四百六十六例，它是属于喜类型的，可见清少纳言是以"おかし"的审美意识为基调的，其美感的洗练性，可与紫式部比肩。她们二人从不同的人生体验出发，在审美领域也创造了悲、喜的不同类型。她在"题跋"中就声言："我把世间有风情、有趣的事情……都选择了写下来。"在平安时代，清少纳言限定在情趣的感觉上使用"おかし"，确立了古代贵族审美的基准之一，到近古的狂言、俳谐、连歌，就将"おかし"演化为"滑稽""可笑"的审美情趣，转向庶民化。

《枕草子》书名的由来，有种种不同解读。也许还是受白居易的《秘省后厅》诗中的"尽日后厅无一事，白头老监枕书眠"句中"枕书"二字的启发而定此书名的。因为"枕草子"的意思是"枕边的草纸"，日文"草纸"是书本或用假名书写的随笔之意，即可以放松躺着阅读的文章。

可以说，在《枕草子》中，清少纳言尽展其优秀的文章表现力、敏锐的观察力、纤细的感受性和丰厚的汉学才华。它诞生前后近二百余年未曾见有此类的随笔文学出现。它与紫式部的《源氏物语》不愧是雄峙在日本古代散文文学史上的双峰。

随笔文学到了近古，正如庆滋保胤的《池亭记》所示的"身在朝，志在隐"，"职仕人下，心住山中"，随笔作者主要是隐士，他们是当时的知识分子的主流，远离权力，舍弃社会地位，以自己的自由意志直书自己所见、所闻和所感，形成日本文学史上所称的"隐士文学"。其中有名者如鸭长明的《方丈记》、吉田兼好的《徒然草》。

《方丈记》作者鸭长明画像及画赞

鸭长明的《方丈记》是继清少纳言的《枕草子》之后日本第二部著名的随笔集。它的结构，分为点题性地序说人生的无常、种种自然灾害、自叙闲寂的隐居生活、结语老来反省修心悟道四大部分，共三十七段。在描写自然灾害时，是按灾害发生的年代顺序排列，自叙闲寂隐居生活部分则以相似性类聚，两者之间，以艰难的社会环境和自己的身份境遇作为联结部，社会的大空间和个人的小空间浑然一体，使全书各段相互对应，保持了结构的统一性和整体性。作者在"序"段中说："川河水流不息，然已非原来的水。浮在淤水上的白泡，消结无常，尚无久驻之例。世间的人与居

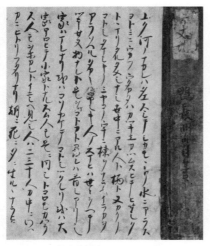

《方丈记》最古手抄本

处也如此。（中略）人与家居争无常之相，与牵牛花上的露珠无异。或露落花仍残留，花虽残留，然迎朝阳即枯萎。或花萎露仍未消，全消须待黄昏时。"开章便象征性地提示人生的苦恼与无常，并以"空无观"为根底，用咏叹调道出了支撑这部随笔命题的无常观，体现了作者的现世苦难和人生无常的文学主体精神。

这部随笔集的主要内容之一，就是以写实的笔致描写了自己经历过的大灾害和社会诸现象。这里有安元三年（1177 年）的大火、治承四年（1180 年）的旋风、养和年间（1181—1182）的饥荒和病疫、元历二年（1185 年）的大地震等自然灾害，此外将"迁都"这一人为的社会事件，与火灾、风灾、地震、饥荒自然的灾害事件并称为"五大灾害"，列于第三灾害，折射出社会种种不可思议的世相，就像绘制出一幅悲惨灾害的精密的绘卷。这些天变地异的描写，多从隐士的视角出发，抒发了个人的无常感，同时也慨叹了人间社会的无常相。但这不是消极的，而是显示了关心，是具有敏锐的观察力和自觉的历史意识的。

这部随笔集的另一主要内容，是描写了花鸟虫鱼风雪月。鸭长明蛰居方丈草庵，过着闲寂的生活，以四时为友，写了春观藤波起，联系到西方往生；夏听杜鹃声，联系到冥途的旅路；秋闻飞蝉鸣，联系到空蝉之悲世；冬赏白雪飘，联系到积雪化雪似世间罪障（"方丈极乐"段），从中发现自然之美，并在美中捕捉闲寂、空寂与无常，达到了宗教思辩和美的融合。

《徒然草》画帖序"日暮对砚"

这与他在上述人间社会无常相的描写是相互对照的，这样更衬托出作者在超脱俗世中，并未放弃自己对生活方式的反思和对处世哲理的探求；在"世乱出凶事"的秩序中，苦苦地思索着人与人生的问题，总结出人的主体性的问题。比如上述"都会的生活"一段提到"随波逐流者身不由己，不随波逐流者乃被视若狂人"之理。也许从他的这篇随笔中，还可以看到这一时代转折期的新旧价值观的转换。

《徒然草》画帖 "慕古器物"
（住吉具庆绘）

《徒然草》画帖"见物思故人"
（住吉具庆绘）

　　《方丈记》各段的篇幅短小，但作者直接而坦率地表白自己激越的感情、纤细的感受、冷静的思索和明确的思想。在准确叙述的同时，也十分注意表述的技巧性。有时远距离地观照客观的事件和世相，有时又近距离地思索对这些事件和世相的主观体验，充满了真情实感。

《徒然草》作者吉田兼好闲居图
（尾形乾山绘）

这大大地提高了叙述的力度，表述文学思想的深度，最后使对象与主体、客观描写与主观心境展露的融合达到浑然一体。

　　吉田兼好的《徒然草》分上下两卷，就全篇内容来说，大致可分为无常感、求道说、人生谈、艺术论、自然观、生活训、青春颂、仪式法制、自颂自赞等项。从形式来说，有随想、说话、艺谈、回忆等。总之，这些项目所涉内容和形式，广泛、多彩而又驳杂。各段相对独立，又不时转换

《徒然草》画帖"雪中读信的风情"
（住吉具庆绘）

主题，涉及古今和汉大小话题，然全篇又贯穿作者鲜明的创造主体和统一的精神，是知性与情意的结合，抽象观念和具体事物的兼议。

关于写作此书的目的，作者在"序段"点题的"徒然"，指闲居生活的意义和状况，展现其"远离尘俗，身心闲寂，可自得其乐"的思想，并以此思想为中轴，铺陈他对各项内容的叙说。首先，他有一股强烈的求道之心，表明"吾生已蹉跎，当放下诸缘之时也"（第一百一十二段），于是专心求道，叙说无常，成为其《徒然草》的最重要的内容，无处不引用佛典和儒籍，使用佛语和带哲理性的语言。作者在这项内容上是花费心力最多的，展现了他对生死无常的独自认识。其次，这种自觉的无常观，反映在对人生的态度上，积极论说自然与人的生命转化之理，即生死的辩证关系，内容主要是有关自然与人的本质、生与死的关系，以及社交、处世的心得等方面。再次，由此《徒然草》形成另一显著特色，那就是从四季的自然中发现美，将自然与美意识密切相连。作者特别强调"物哀以秋为胜"，

《徒然草》画帖"女子候人的风雅"
（住吉具庆绘）

描写了许多秋的景色，比如红叶飘零、白霜纷降、烟霞荡漾、夜月清寒的一派闲寂与空寂的景象。犹如中国唐代名家刘禹锡诗云："自古逢秋悲寂寥，我言秋日胜春朝。"作者扬秋抑春，慨叹时序的推移给人带来的美感的同时，也带来了哀感，这里就蕴含着哀与寂之情愫，将古代的"哀""物哀"与近古的"空寂""闲寂"无间相融，创造了兼好式的随笔文学之美。

吉田兼好的"哀""物哀"的美感是与无常感相连的。他特设专段比如第一百三十七段，论述了"美与无常"，他写了雪月花的美，特别是写了对雨恋月、花散月倾、月辉叶影、月冷凄清等之美而有所省悟，正如作者所云："秋月者，至佳之物也。"从秋月中获得了美的感动，从这种美中获得了"寂福"，并联系到人生与自然的"空寂""闲寂"的情景，悲叹世间的盛衰无常。可以说，其"物哀"与美是根植于无常观的基础上，这是近古日本文学美的传统，与古代《源氏物语》的"物哀"精神是存在某种差异性的。从一个侧面，也反映了作为日本民族美学上的"物哀"，是具

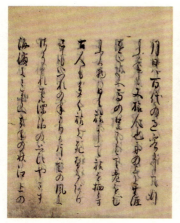

《奥州小道》卷首
（素龙抄）

元禄版本《奥州小道》

有其多义性的。

　　与近古前期镰仓时代吉田兼好相隔了三个多世纪的松尾芭蕉，以《奥州小道》而闻名于世，将近古随笔文学推向另一个高峰。芭蕉的随笔由两大系列组成：一是纪行文，主要有《野曝纪行》（又名《甲子吟行》）、《鹿岛纪行》《笈之小文》《更科纪行》《嵯峨日记》《奥州小道》等；一是俳文，有《柴门》《幻住庵记》等，为近古日本随笔文学开拓了新天地，在日本古典文学中拥有不朽的价值。

　　纪行文，日本古已有之。松尾芭蕉的特别之处，就是他在旅途中，通过自然观照，自觉四季自然之无常流转，"山川草木皆无常"，进而感受到"诸行无常"。因此，他"以旅为道"，竭力摆脱一切物质的诱惑，"以脑中无一物为贵"，以大自然作为自己的"精神修炼场"，培养"不易流行"的宗教哲学思想和风雅之"诚"和"寂"的美学思想。同时，在清寂、自然的环境中闲居，在与各地弟子的共同艺术生活中思考创新俳句的问题。这

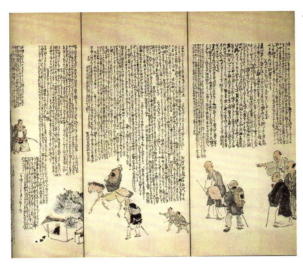

《奥州小道》屏风（部分）
（与谢芜村抄、绘）

些深深地渗透到他的纪行文的字里行间，形成其纪行文的特色。

芭蕉的纪行文最具代表性的是《奥州小道》。这篇纪行文是他在弟子曾良陪伴下，于元禄二年（1689年）从江户出发，赴奥羽、北陆、美浓等地旅行六个月，行程二千多千米，以名胜古迹、名寺古刹为素材写就的，经过四年的反复推敲和修改后，由曾良誊清，作为定稿面世。此书可谓倾尽了芭蕉的心血。全篇四十五段，以散文为主体，使用和汉混合文体书写，各段都配以俳句，芭蕉作五十一句，曾良作十句，还有西行、曲水（菅沼曲翠）、岚雪、其角、去来、越智、越人等人若干句。文字含蓄幽远，俳句意境深邃，抒发了旅途的风雅情怀。作者开卷就借用李白《春夜宴桃李园·序》的"光阴者百代之过客"句，言明自己"积日羁旅，漂泊为家"，并联系古人即指西行、宗祇、李白、杜甫等多客死旅途，慨叹"早已抛却红尘，怀道人生无常的观念，在偏僻之地旅行，若死于路上，也是天命"，道出了旅途的孤寂、人生的"浮生若梦"的主题思想。

综观芭蕉纪行文，始终流贯风雅之美的精神，同时它还有如下的基本特点：首先是心意相合，将主观契入自然。比如《奥州小道》很少直接描绘自然的风光，自然是通过主观的感怀而表现出来的。可以说，这是芭蕉的独创。其次是虚实相兼，以实为主，含有某些虚构成分。也就是说，芭蕉更进一步强调纪行文不停留在记录事实，而要加入主观的感觉，有如"妄言""呓语"即作为虚构之事，也都"姑妄听之"。其意是纪行文也可以离开客观的真实性，而更接近艺术性的文学创作。因此芭蕉的纪行文有时就存在某些虚构性。再次是文句相依，构成不可分割的一体。古来日本的散文随笔，文章与和歌相兼，以文为主，和歌为从，而芭蕉在继承这一传统的基础上，有所创新和发展，散文与俳句相依，有时离开俳句，散文就难以理解。

以《奥州小道》为例，芭蕉奥州小道之行，置身于景色佳丽而沉寂的意境，通过对自然的纤细感受，心情平静，于是挥笔作文书句，以慰藉他孤寂、悲凉之旅心。芭蕉来到了山形藩领地的立石寺，写了"立石寺"一段文字："山形藩领地，有一山寺，名曰立石寺。是由慈觉大师开基，甚清闲之地也。众口皆碑，当自游之，遂从尾花泽折回，其间约七里。日暮时分，在山麓寺庙订下宿处，尔后登上山上的大雄宝殿。岩石重叠，松柏苍老，土石古旧，滑苔丛生。山寺的寺门紧闭，寂然无声。绕断崖，攀山岩，拜佛阁，顿觉佳景闲寂，心清如镜。"这段文字和末尾配以的俳句"一片静寂中，蝉鸣声声透岩石"，表示作者仿佛进入了一个"顺随造化，回归造化"的大自然的幽玄之境。此时，心镜清澄，如同一个无边无涯无尽藏的心灵宇宙，连"蝉鸣声声透岩石"，都清晰可闻，飘逸出一种"寂"的余情余韵。这充分体现了芭蕉在艺术上追求的闲寂的风雅之美。可以说，《奥州小道》集芭蕉美学诸要素和他所提倡的"不易流行"哲理的大成，是芭蕉倾注心血最多的一部随笔作品，占有日本文学史上纪行文的最高地位。

连歌·俳句

　　近古诗歌的发展，自以敕撰集为代表的中央歌坛和歌衰落以来，和歌向地方普及的同时，连歌也开始流行起来。连歌的新式定制是：在一定的作歌场所由集体连作，以七八人共咏为宜，少者二三人，多者十多人。形式是直接由和歌脱胎而来，以百韵连句为基本，五七五发句（第一句），七七附句（第二句），接着五七五为第三句，以后七七短句和五七五长句交互反复连咏，至百句作为结束句，称"举句"。　连歌主题可以转换，非

西山宗因像
（选自歌仙大阪俳谐师，延宝元年刊）

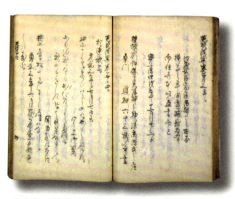

连歌集《菟玖波集》

首尾一贯，但前后句的句意需要相互照应，素材需要相互联结，语言需要相互配合产生音乐性效果，气氛、情调需要相互交融，在句与句的联结中求其艺术性。在这里，在决定连歌的优劣上，发句起着重要的作用，因此发句咏季节之物受到特别的重视。在连歌界完全确立"有心体连歌"以后，连歌实现了艺术性的目标，走向成熟。当时的将军足利义教十分关心和支持连歌的发展，超越流派和歌类，连年举办万句连歌会，北野神社的连歌会就有一日连咏一万句的记录。当时连歌的好手，以良基、救济的余情幽玄作为理想的歌风，出现了宗砌、智蕴、心敬、专顺、能阿、行助、贤盛（宗伊）连歌师，成为这一时期连歌的代表作家，被称为"连歌七贤"。作为心敬门下的宗祇，将七贤的作品编辑成书《竹林抄》，以集七贤之长，完成了连歌"有心·幽玄"的样式，开了一个时代连歌的新风。今以七贤的各一句为例：

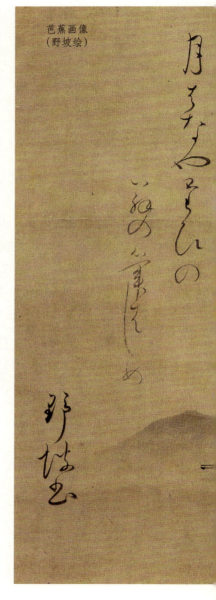

芭蕉画像
（野坡绘）

　　樱开迎来城乡人（发句，宗砌）

　　河边无名草花开（附句，智蕴）

　　风静露滴一片叶（第三句，行助）

　　恋月忘月在都城（第四句，心敬）

　　淡墨绘画黄昏雪（第五句，专顺）

　　秋风吹拂杉树梢（第六句，能阿）

　　花落鸟啼春去也（第七句，贤盛）

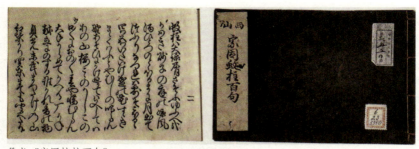

俳书《宗因蚊柱百句》

宗祇与其门人宗长、肖柏三人还作有《水无濑三吟百韵》，为后世连歌的典范。这时候，连歌歌坛的领袖地位由救济、良基转到心敬、宗祇，经几代人对不同歌风的探索和积极的努力，完全建立了"幽玄余情"的连歌审美理念，将连歌提升到最高的水平，近古连歌达到了最盛的时期。

近古诗歌史，经历了连歌的发达，又产生了俳谐连歌，也就是俳谐体的连歌。实际上是"一句连歌"，即由一句发句和一句附句构成，比如：

猴子屁股似叶红（发句）
不知寒风多猛烈（附句）

换句话说，俳谐连歌摆脱连歌的烦琐束缚，俳句又从连歌的发句分离，形成独立一体，广义上连同俳谐连歌统称俳谐，狭义上则称俳句。俳谐连歌、俳句与和歌、连歌有着切不断的血脉联系。因此有人说："连歌是和歌之子，是俳句之母。"

俳句形成之初，贞德派和谈林派就如何从和歌演进为一种新的形式，这种新的形式是否"是和歌的一体"，以及如何革新俳谐连歌进行了论争和对确立新诗歌模式的探讨，最后创立了与和歌五七五七七计三十一音节，使俳谐连歌的发句分离出来，演进为五七五计十七音节的最短型的俳句，并飞跃性地向新俳句风过渡。年轻的芭蕉也倾倒于此新风，当有人吟发句"梅风俳谐盛全国"时，他便作附句"我也同心此时春"，可见这种新风确实让芭蕉打开了眼界。正是松尾芭蕉将俳句和俳论推向了最高峰。

松尾芭蕉出身贫寒，亲眼目睹当时武家政权和町人金权的统治，不满金权政治横行于世，于是他超然于繁杂的官场，主动诀别政权和金权，于延宝八年（1680 年）离开了喧嚣的江户，到了荒凉的隅田川畔的深川，甘于忍受在底层生活的清贫与困苦，隐居草庵，从此参禅，彻悟人生，潜心作句，并将此作为自己终身的事业。草庵成为芭蕉开展俳句新风运动的据点，芭蕉也从草庵生活开始探索新的句风，吟咏出隐居草庵的人生体验和旅行时对大自然的切身感受，终于独创了新句风——蕉风。他吟出这样的句：

　　　　闲寂古池旁
　　　　青蛙跃进池中央
　　　　扑通一声响

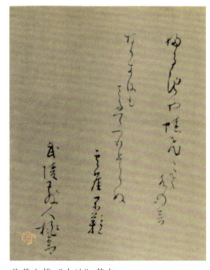

芭蕉自笔《古池》等句

这是代表蕉风的《古池》句，这首句，如果从表面来理解，古池、青蛙入水、水声三者似是单纯的物象罗列，不过如果从芭蕉的"俳眼"来审视，古池周围一片幽寂，水面的平和，更平添一种寂的氛围。但青蛙跃进池水中，发出扑通的响声，猝然打破这一静谧的世界，读者就可以想象，水声过后，古池的水面和四周又恢复了宁静的瞬间，动与静达到完美的结合，表面是无穷无尽无止境的静，内里却蕴含着一种大自然的生命律动和无穷奥秘，以及俳人内心的激情。

这说明芭蕉感受自然不是单纯地观察自然，而是切入自然物的心，将自我的感情也移入其中，以直接把握对象物生命的律动，直接感受自然万物内部生命的巨大张力。这样，自然与自我才能在更高层次上达到一体化，从而获得一种精神的愉悦，进入幽玄的幻境，艺术上的"风雅之寂"也在其中。

正如其弟子各务支考所评述的："在这一幽玄句里，(蕉翁)自己开眼了，而且更重要的是俳谐之道也开阔了。"（《葛松原》）这是一首冠绝古今的名句，也是芭蕉最得意之作。据记载，芭蕉弥留之际，门人向他求索辞世绝句，他答曰："《古池》句乃我风之滥觞，可以此作为辞世句也。"可见《古

芭蕉翁绘词中卷
（那须野行蝶梦绘）

池》的历史意义是重大的。

芭蕉旅行奥州小道，来到山形藩领地的立石寺，置身于景色佳丽而沉寂的意境，心神不由地清净起来，作句一首以慰藉他的孤寂悲凉的旅心：

> 一片静寂中
> 蝉鸣声声透岩石

这一句的俳谐精神与《古池》是相通的，都是具现了芭蕉的"闲寂"的典型佳句。芭蕉以"闲寂"为基础，将自然与人生、艺术与生活融合为一，达到"风雅之诚""风雅之寂"。这个"诚"与"寂"，较

金福寺内的芭蕉庵

芭蕉翁图
（与谢芜村绘）

之物质的真实，是更重视精神的真实，是作为精神净化的艺术的真实，从而完全确立了俳句的新风。

芭蕉开创的蕉风通过其主要弟子著书论说而传承下来，发扬光大。蕉门弟子凡两千以上，其中在初期开创"蕉风"立下伟绩的弟子，首先是宝井其角和服部岚雪。江户蕉门结社，倡导"蕉风"，是以他俩为中心进行的，同时经他俩之手编撰的俳句集，对于芭蕉推动新风起着重大的助力作用。与他们一起代表初期蕉门新风的，还有山本荷兮。

芭蕉的弟子中，向井去来和服部土芳对于"蕉风"俳句的发展和芭蕉俳论的整理都起到了重大作用的，特别是他们的《去来抄》和《三册子》对于"蕉风"俳句理论的传承和建设，起到了里程碑式的作用。

向井去来深受芭蕉的信赖。芭蕉完成"奥州小道"之旅，经京都，客居在去来位于嵯峨野的落柿舍期间，指导去来、凡兆合编了《猿蓑》，这是代表蕉门俳句中的"花实相兼"新风的俳谐集，有《俳谐古今集》之称。

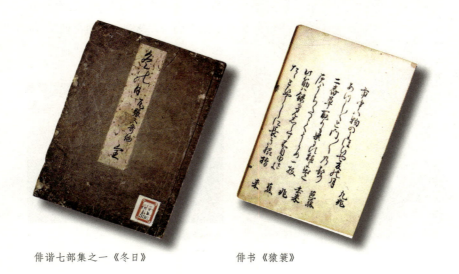

俳谐七部集之一《冬日》　　　　俳书《猿蓑》

与谢芜村句碑《春风马堤曲》

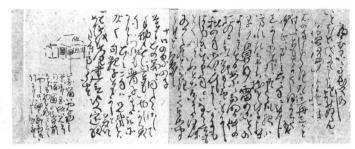

与谢芜村致高井几董书简
（书简上画有芭蕉庵）

与谢芜村之墓

去来还亲自撰著《去来抄》，主要记录其师芭蕉和蕉门同人的句评，特别是对芭蕉的"不易流行"作了理论的阐述，集芭蕉乃至蕉门俳论之大成。

服部土芳是始终不渝地忠实于芭蕉的新风者之一，同时也是系统整理芭蕉俳句理论的第一人。他的《三册子》成功地将芭蕉的俳论体系化，作为芭蕉晚年的主张和艺境最忠实的纪录而受到俳句界和文学界的尊重，与《去来抄》成为"蕉风"俳论书超群拔萃的双璧。

《三册子》分三册，《白册子》首先叙述俳谐的历史，接着基于芭蕉的教诲，论说"蕉风"俳谐的标准定式。《红册子》是全书的精髓，它从理论上详细阐述芭蕉俳句的神髓，继承芭蕉以"诚"为中心的俳论，主要以"风雅之诚"和"不易流行"作为根本，展开论述，他写道："师之风雅，既有万代不易，又有随时而变，究其二者，

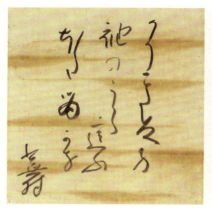

与谢芜村自题俳句

《宜秋》
（与谢芜村绘）

其本源一也。其一就是风雅之诚也。不知不易，就难以知其实（まこと，即诚——引者注）。所谓不易，就是不论新古，尽管流行变化，但始终立于'诚'之姿上。（中略）所谓致力于'诚'者，就是在风雅方面探索古人之心。近者而言，就是要深知师之心。"土芳在本书中还列举芭蕉的具体作品，结合理论和实际创作加以说明，充分肯定了芭蕉建立新的俳风的历史作用及其修炼态度和方法，芭蕉及其芭蕉直系弟子相继去世之后，俳句就几乎完全失去昔日"蕉风"应有的艺术理想，进入了长达四十余年的低潮期。享保中末期（1731－1736年）开始出现了"回归芭蕉"的呼声，最有力的推动者是与谢芜村。他继承和发展芭蕉的"高悟归俗"的俳论观，努力摆脱当时俳坛卑俗游戏的俗风，促进俳句新风的复兴，对于迎来日本俳句史上的"俳句中兴时代"，起到了不可估量的作用。

芜村的俳句业绩：首先，在作句上继承和创造性地发展了芭蕉的俳业。他尊敬芭蕉，盛赞芭蕉"离名利之境"的精神（《洛东芭蕉庵再兴记》），并作句誓言"我死葬墓旁，作亦愿作枯芒"（《芭蕉翁墓述怀》），同时于

小林一茶旧宅
（长野县柏原）

六十四岁上画了一幅非常传神的《芭蕉翁像》并题句："耳目肺腑铭感深，魂牵梦系芭蕉庵"，但他没有机械地沿袭以闲寂精神为中心的"蕉风"，反而树立了自己独特的风格。其次，总结了自芭蕉以来俳句创作的实践经验，相应于芭蕉的"高悟归俗"，提出了俳句的"离俗论"，这对于复兴和提升俳句的艺术性，起到了理论指导的作用。

在近古俳句史上，继芭蕉、芜村之后，成为近古俳坛第三人的是小林一茶。一茶经历生活的贫苦与人生的悲愁，他将俳句创作活动扎根在乡土上，这便造就了他的俳句从素材到用语都具有浓厚的地方色彩。他的素材从自身生活的遭际、对弱者的同情，到对人和事的不平；他的用语从俗语、方言到拟态、拟声词，而且作句平俗，轻视季题，摆脱传统以季节感为中心的作句法，而重幽默、讽刺之调。总之，他打破俳句的常套，形成颇具个性的一体，称作"一茶调"。他的俳句最有名者，是表示对弱势者穷人、乞丐、青楼女、流浪者乃至苍蝇、瘦蛙、池龟等小动物的同情、关怀与慈爱，歌颂了他们或它们的生命的活力。举两句为例：

初冬阵雨添愁哀
敲碗讨食哑乞丐

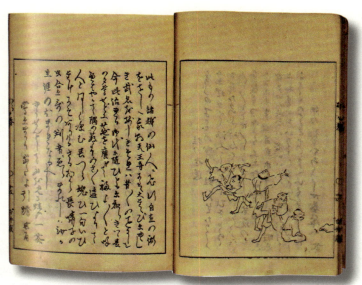

小林一茶所著《我之春》

小林一茶爱用的砚台

别拍打

苍蝇已经在作揖

　　从美学的角度来审观，如果说，芭蕉的句重"闲寂"的审美情趣，一茶的句则立足于生活，扎根于现实，贯穿"真实"（まこと）的美学精神。也就是说，一茶俳句的艺术魅力在于"真实"，在于贴近生活。因而在俳坛上独放异彩。

　　但是，小林一茶的业绩在当时并未被认同，直至他逝后半个多世纪，即进入近代以后才被后人重新挖掘，名振俳坛。最早挖掘一茶的，是其家乡信浓人，他们倾于一茶的表彰活动和研究工作，并开始收集出版有关一茶的书，开始引起人们的关注。近代著名俳人正冈子规在一书附录的短评《评一茶的俳句》中，对一茶句做出这样的重新评价："就俳句的实质来说，一茶的特色主要表现在滑稽、讽刺、慈爱这三点上。其中滑稽属于一茶的专长，而且其潇洒性在俳句界数百年间是绝无仅有的。就俳句的形式来说，一茶的特色，在于采用俗语，多少成为一种新调，最显著的一点，就是其滑稽与俗语相互为用。"一茶引起俳坛、文坛、学术界乃至社会的广泛关注。进入现代，文坛、俳坛兴起了一股"一茶热"。从此一茶及其俳业在日本俳句史、日本文学史上已成为不容忽视的存在。

通俗小说

十返舍一九自画赞《醉舞图》

　　日本近古的通俗文学种类繁多。从室町时代至江户时代初期，文坛出现三种通俗文学的形态，即诗歌方面的连歌、俳句，戏曲方面的谣曲、狂言，小说方面的御伽草子。实际上，御伽草子是对室町时代短篇小说的泛称，通称"庶民文学"。御伽草子大都是由民间口头流传下来的故事，内容涉及恋爱故事、复仇故事、怪异故事、立身处世故事、出家遁世故事、滑稽笑话故事等广泛的题材。而且有些御伽草子继承物语绘卷的传统，在草子中配以许多绚丽的色彩画，出现了"绘草子"的新形态，读者对象也从一般庶民读者扩大到武士、僧侣乃至上流读者。作品类型也走向多样化，分为以下几大类：

　　（一）公家小说，主要受古代王朝物语文学的影响，不少是根据一些古代长篇物语改编为短篇的，比如《忍音物语》《若草物语》《假寐草子》

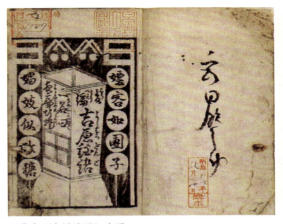

洒落本《吉原谈语》扉页　　　　　　　　滑稽本《东海道徒步旅行记》内封
（十返舍一九著）　　　　　　　　　　　（十返舍一九著）

等之仿《源氏物语》的悲恋故事；《小落洼》之仿《落洼物语》；《秋月物语》
之仿《住吉物语》的继子故事；《小町物语》《业平梦物语》等之仿《伊势物语》
歌物语；《和泉式部》《西行》描写歌人传说等，都是与前代王朝贵族文学
有着千丝万缕的联系。

　　（二）僧侣小说，多取材于僧侣的生活故事，比如《秋夜长物语》《松
帆浦物语》《嵯峨物语》之写僧侣同性恋故事，《御用尼》之写破戒僧失败
故事，《三个法师》《高野物语》《为世草子》之写出家遁世和出家后忏悔
的故事，此外，还有的是描写高僧传记、佛教缘起、说教谈法、神佛前世
苦难等故事的。尤其是被称为"本地物"的《熊野本地》等十篇，描写"本
地垂迹"的神佛融合的故事。这类草子，有的受早期佛教说话集的影响，
比如描写神道由来之事，就模仿《沙石集》等。

　　（三）武家小说，不少是继承战记物语的传统，描写武士的英雄故事，
比如《横笛草子》《小敦盛》之仿《平家物语》写源平战役的英雄故事，《渡

洒落本《江户生艳气桦烧》
（山东京传著）

御曹子岛》之写源义经故事，《田村草子》《饮酒童子》之写英雄打败妖怪的勇武故事，《师门物语》《村松物语》之写地方豪族家奴骚动或复仇的故事，反映了当时武士社会的实际生活状况。

（四）庶民小说，反映在当时社会现状下以农民和町人为主体的庶民生活，是民间说话文艺化的一种文学形式，内容包括滑稽笑话、讽刺寓言、求婚故事、恋爱故事、立身处世故事、贺仪故事等，比较有代表性的庶民小说有《文正草子》《一寸法师》《伐竹翁》等。

（五）异国小说，以有关中国、印度的外国小说为多，比如有关中国的《杨贵妃物语》《二十四孝》《蓬莱物语》《不老不死》等，有关印度的《法妙童子》《类至长者》等。这类小说，还包括本国的异乡小说，比如《浦岛太郎》《桃太郎》《懒汉》等童叟皆知的传说故事，这些成为后世日本童话的渊源。

（六）异类小说，主要描写动物的世界，将其拟人化，反映人间世界的奇婚、赛歌、恋爱、战记、遁世等方面的故事。代表作品有《鱼鸟平家》《修行鱼类物语》《鸦鹭战役物语》等。

在日本近古文学史上，御伽草子是从拟古物语到浮世草子之间大众文学发展的一种过渡形式，它们大多只有人物和事件的叙述，缺乏人物的个性化和人物的心理描写，但它们的内容颇具知识性、教育性和启蒙性，描写的故事不仅成为公家(旧贵族)、武家（新兴武士）的读物，而且受到庶民的普遍欢迎。

进入江户时代以后，社会处在相对和平的时期，初期资本主义萌芽，町人在政治和经济上拥有更大的实力。町人文化和通俗的平民文学也迅速获得了普及，走向了多样化，出现"假名草子""浮世草子""草双纸""洒落本""滑稽本""人情

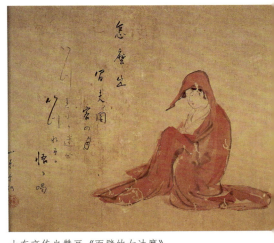

山东京传自赞画《面壁的女达摩》

本""读本"等这一庞杂的类型化通俗文学，泛称为"江户戏作文学"。它们从不同的视角，用不同的模式，试图通过描写市井乃至青楼的生活、风俗和世相，诙谐逗笑，而不流于鄙俗和猥亵。这也是与当时的社会规范的"义理"相克，与传统的"家"的秩序相悖。这是属于个人无意识的抗争，但反映了町人的享乐主义的价值观，受到町人社会的广泛欢迎，却不为当权者所容忍，在幕末政权的严格检查制度下，一些作者如井原西鹤、式亭三马、山东京传、为永春水等蒙受笔祸，他们的书或遭到查禁，他们本人或受到不同的刑罚。有些作者改写以读本为主的"劝惩文学"。不管怎样，这些通俗的"戏作文学"，成为近古后期江户时代文艺、文化存在的基础，而且影响着通俗文学的审美建设，在日本文学史上，特别是在大众文学史上应占有重要的一页。

"浮世草子"的历史，几乎可以说是以井原西鹤为中心的历史。井原西鹤是个多才多艺的作家，身兼俳句、浮世草子、净瑠璃等多种文学形式

的创作者，曾一度经商，熟悉町人生活的种种内情。他创作浮世草子，分为四大类：一是"好色物"，二是"武家物"，三是"杂话物"，四是"町人物"，其中"好色物"和"町人物"在近古文学史上，占有重要的地位。

西鹤首先发表的"好色物"《好色一代男》，是开创"浮世草子"的划时期的作品。小说以新兴的町人社会为背景，以青楼为舞台，描写了富商梦介沉迷于好色之道，不顾家业，携三个青楼女子游乐于京城的故事。其中一女生下梦介之子，取名世之介。故事就从世之介受其父"熏陶"，他七岁时的一个夏夜，女侍熄灭灯火，他让女侍靠近他，并说："你不知道恋爱是在黑暗中进行的吗？"这样"灯火熄灭恋情生"的喜剧形式开始，描写世之介此时懂得收集美人画、好奇于自己富于魅力的部位，产生朦胧的性意识，到少年后，饶有兴致地偷听男女的情

滑稽本《春色梅儿誉美》书套面
（为永春水著）

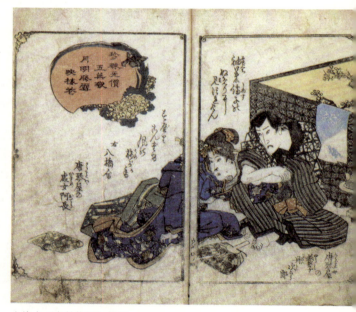

人情本《春射梅历》插图
（为永春水著）

话，看到俊俏的寡妇就想象着紫式部再现于人世而顿生爱慕之情，涉足青楼去体验"初欢"的乐趣，不受家庭和身份的约束，追求恋爱的自由和纯真的爱情，并且从青楼女子那里了解到辛酸的社会世相，比如有与熟客真心相恋的青楼女子，被发现后惨遭凌辱，她却仍对恋人深怀相思之情；有被皇族公子玩弄爱情后被抛弃的女佣；有家贫而被卖身于青楼的男妓，尝尽了人世间辛酸的风流韵事等。世之介成年后，旅行各地，从京城下濑户内海，至九州中津，又返回大阪，复又赴佐渡、酒田、鹿岛、仙台、信州、岛原、江户、长崎等南北各地，过着风流自在的生活，乃至穷困潦倒，到了陋巷破屋也不减平时的风情，艳闻四起。比如，与寡妇一夜欢而产下一子又遗弃之后，联想到歌人小野小町所吟咏的可怜的人世；目睹有的青楼女子为摆脱苦海而削发为尼，从此远离尘世。

世之介与父母断绝关系后，无依无靠，流浪四方，纵情游乐，有时出入高官显贵的游乐场，谈歌、拨琴，点茶、插花，乐道男女美事；有时放荡于不同地方的青楼，谈论姿色，熟知各地各等级青楼男妓的情意、女妓的风情和这行当的种种规矩，也尽见所有阶层的女色；有时贫困至极，也要过一夜

井原西鹤像

忘形之欢，或垂涎于美貌的女巫、渔家女，乃至闯关卡被疑为贼人而被捕入狱还与隔墙牢中的女子传递情书。父亲辞世，他继承了其父遗产，仍倾注于情爱，成为烂熟的"粹人"，即"风流人"，达到町人唯一的自由世界，如此等等。

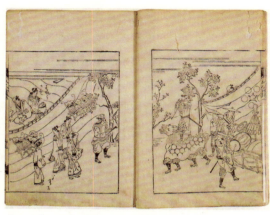

井原西鹤著《好色五人女》插图 "好色女登场"

作品还写了一个有夫之妇拒绝好色男的求爱而谨守贞操，一些世故的男人死守家中的金钱而不到青楼这种地方。全书以世之介一生遍历全国各地青楼为主轴，人到花甲之年，身边无父母妻儿，孤身一人，觉得这个俗世已无可留恋，不想再沉迷于色道，便乘坐一艘新造的"好色号"，从伊豆半岛启航，开赴女护岛，从此音讯全无了。这部作品的文体，以近于口头语文章的通俗文语体为主，插入某些和歌、谣曲、汉诗文等，从小说结构的五十四回，到角色模

井原西鹤著《好色一代男》插图 "世之介偷看邻居女子"

式的两代好色，都模仿了紫式部的《源氏物语》，因此有人说，《好色一代男》就是近古的"通俗的《源氏物语》"。

井原西鹤著《好色一代男》插图 "屋形船游兴"

井原西鹤著《好色一代男》
插图"偷窥女子的好色男"

井原西鹤著《好色五人女》
插图 "逃离火场的好色女"

　　西鹤的 "好色物" 以 "男色" 作为主题，还写了《好色二代男》。其后也以女色为主题，写了《好色一代女》《好色五人女》等系列作品，描写了女子得不到真正的爱而殉情，或者揭露了男女地位的不平等，比如官宦与青楼女子，小姐与男仆之恋，低贱一方被对方背弃，或者触犯封建社会严格的等级制度，低贱一方被对方处死或自己殉情，总之是低贱一方受害或殉情，所以有人主张低贱者对待恋爱不能太认真。

　　西鹤的 "好色物"，主要放在精神性方面，而不是性本身，即着重追求自由与肯定人性，尤其是从性的侧面肯定人的自然的生的欲求，表现出风流的情趣。可以说，西鹤的 "好色物"，是乐观、健康和明快，是对恋爱自由的肯定，显示了上升期町人的人文精神。这与近古初期脱离现世、追求来世的彼岸思想截然不同，而与当时的现世主义时代思潮息息相通。其次是揭示女性在爱与性方面所遭遇的不同的悲惨命运，尤其是暴露了官宦巨贾与无数女子的艳遇，却无用情专一者，更谈不上为女子而殉情。

　　西鹤继 "好色物" 之后，继续在 "浮世草子" 创作方面开拓新的空间，最有成就的是 "町人物"，它透过町人社会的表象，深刻地把握了町人社会的内部世界。代表作有《日本致富宝鉴》《世人的如意算盘》，反映了町人社会的经济生活的浮

井原西鹤所著《诸艳大鉴》插图 "新町扇屋游兴"

井原西鹤所著《日本永代藏》插图

世百态。正如作者在书中最后所云：此乃"为供后人借鉴，书于日本宝帐"。

"读本"类通俗小说的有名作者是上田秋成，代表作是《雨月物语》，内容描写了亡灵现身，与现世的交往（《夜归荒宅》《佛法僧》《青头巾》），或是人变

读本《雨月物语》插图"在荒宅的真木儿"
（镝木清方绘）

读本《雨月物语》插图 "真女儿被人看破其蛇性后投河"
（玉村方久斗绘）

成鱼、变成黄金的精灵现身（《鲤鱼梦》《贫富论》）。全书各篇有着以下共同的基本特色：一是完全或部分根据中国白话小说改编，或受中国小说影响而创作的，比如《菊花之约》《鲤鱼梦》《夜归荒宅》《蛇性之淫》；二是根据街谈巷议而创作的，比如《佛法僧》；三是参照和汉文献而创作的，比如《吉备津之釜》；四是部分根据典籍，部分近于作者创作的，比如《白峰》《青头巾》《贫富论》。综观之，与其说《雨月物语》完全受中国白话

读本《雨月物语》插图
"蛇性真女儿的艳姿"
（小林顿格绘）

读本《雨月物语》插图 "富田城之战"
（板本画，上田秋成作）

小说影响，是纯粹改编小说（翻案小说），毋宁说是部分根据中国白话小说改编，并加以日本化；部分采用和汉典籍，使两者融合，以日本传统审美情趣表现出来；还有纯粹根据日本的古典、流行文艺作品改编的，或作者独自创作的。不管哪一种情况，作者都充分发挥了自己精神的自由和创造力。换句话说，它是和汉文学融合的产物。其突出

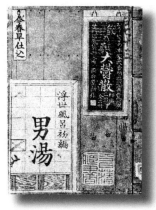

《浮世澡堂》初编封面　　　　《浮世澡堂》初编插图 "澡堂内风景"

的成就是：小说结构严谨，人物性格一贯，虽是怪异，却将怪异升华为美，使之富有高度的浪漫性和幻想性、浓厚的人情味和封建社会人世间的真实性，加上清新的文体，具有很高的艺术价值，堪称是"读本"的杰作，对后期"读本"创作产生很大的影响。

　　"滑稽本"通俗小说的代表作者是式亭三马，他的代表作是姐妹篇《浮世澡堂》和《浮世理发馆》。《浮世澡堂》以澡堂为舞台，通过洗澡者裸体的百态，窥视芸芸众生浮游在善恶之间的诸相，对照自己，辨别是非善恶，教诲人们遵守"神儒道"，以及"天地自然之理"。因此，作者一反当时通俗文学的写作背景多是青楼的做法，代之以封闭社会的庶民社交场所——澡堂；抛弃当时青楼这个特殊社会的事，代之以庶民的习俗事，并用"戏作"的手法表现出来，寓教于乐。

　　式亭三马在作品中，没有设定贯于全书的主人公，出场人物不断变换，并且多通过人物对话形式，表现以庶民为主的各种不同人物的气质和性格特征。同时透过作者敏锐的"批评眼"，观察和分析"贤愚邪正、贫富贵贱”的“七情六欲”和“大千世界”，并采用或调侃、或揶揄的手法表现出来。为确保最大的“笑”，对话的描写有夸张的成分，而且在“笑”中——包括在欢笑与苦笑中进行教化。美中不足的是，缺乏完整的故事结构，且人物杂多，缺乏个性，形象多有重复，语言也多有雷同，存在将人物类型化倾向之嫌。但是，作者创造了自己独特的风格，在逗乐中来达到自己在序文中所言的目的，颇受当时庶民的欢迎。

在《浮世澡堂》获得成功之后，三马继续写了《浮世理发馆》，将舞台移到另一个庶民的社交场所——理发馆，作者让来理发的中下层町人、浪人豪侠、腐儒隐者、小商小贩等形形色色的人物登场，透过他们幽默、滑稽的对话，反映这些男人的人物性格和人生观的特征，以及与之相关的人情之机微和社会之生态。虽然仍保持平面式的描写，但细致而精密，而且为适应小说情节发展的必然要求，使小说结构趋于紧密。

式亭三马在《浮世澡堂》《浮世理发馆》这两部作品里，聚集各类庶民登上澡堂、理发馆这样的舞台，以“笔头取笑”“舌头逗乐”的形式，让他们尽情地表演，将这个时代的庶民社会和生活，这个时代的大千世界，尽情展现在世人面前，犹如编织出一幅江户下层町人的历史画卷，在文学史上的意义是重大的。

曲亭马琴像
（谷文二绘，江户时代）

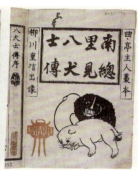

曲亭马琴所著《八犬传》古版本之一

　　在日本文学史上，很少有超长篇小说，古代有《源氏物语》，近古曲亭马琴的《南总里见八犬传》(《八犬传》)，是最大的"读本"类通俗小说。《八犬传》主要是仿中国故事编成，其目的是宣扬"劝善惩恶"和"因果报应"思想。从作品的整体构思来看，主要参照《水浒传》，部分取自中国《搜神记》《三国演义》《西游记》等的故事衍生而成。尤其是作者自始至终都以《水浒传》作为参照系，无处不对照《水浒传》，取其精髓，而又异其事，在描写和叙述上，更多采取暗示的象征手法，描写了世态人情，乃至以中国传说中的"人畜交婚谭"等怪谈鬼话安排情节，从中抹上浓重的浪漫色彩。然而，作者又嫌《水浒传》的"劝惩过于隐晦，至今无善悟者，徒观其表，不过是强人之侠义"，"毕竟，游戏三昧，于世毫无裨益"(第九辑卷三十三"卷首附录")，故而他摆脱《水浒传》中过多的俗谈之观念，使之寓意于劝惩，以虚构之事而警醒尘俗，在对众多人物彼此的对照中，更有意识地突出宣扬儒佛的"劝善惩恶"和"因果报应"的思想，再加上礼赞武士道以死守忠义的精神。因此，作者没有模仿《水浒传》以一百零八条好汉阵亡，宋江、李逵自杀的悲剧结局，相反，以里见开创十代之荣耀，尽大团圆之欢而终结，此乃如作者所说："作者之用心从一开始就不同于《水浒传》"，"勿宁

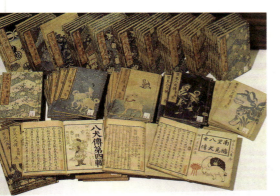
曲亭马琴著《八犬传》

说,作者之用心是'劝惩'二字(第九辑卷三十六"卷首附言")。也就是说,尽管《八犬传》效仿《水浒传》的怪谈,里面其实是不同的。因而,他强调"怪谈有雅俗之别,余所撰怪谈无不寓劝惩者"(第九辑卷二十九"卷首赘言"),缘此他写怪谈乃赋予"劝善惩恶"教训之意,体现了马琴的独特思想,以构建作者自己的理想世界。

《八犬传》借鉴本土的战记文学《义经记》吉野山的英勇战斗史迹、《太平记》犬戎国等的故事、勾当内侍的叙述,以及借用《平家物语》"祇园精舍钟声""两株沙罗花色"之警示"诸行无常"和"盛者必衰"之理,演绎出"如是畜生发菩提心",便以优美的文字写了伏姬的起居和心境。同时,精密地查阅有关里见的《里见代代记》《里见战记》等历史文献和《房总治乱记》《房总地志》,把握有关史实,使史实与虚构交错,进一步将历史抽象化,通过错综复杂的壮观场景、曲折离奇的情节和交织奸贼淫妇的纠葛,从横向揭示人物的善恶行动、空想的仁义事件,以及这些人物的不同命途。同时,分别设置八犬士的列传,从纵向展开八犬士波澜的成长过程,以及有序地谱写他们的诚信和事业的正义,加上伏姬灵神、灵玉加护的个人传奇经历,还配以四季的自然风情,纵横编织出一幅多采而华丽的浪漫画卷,使这部英雄史诗更具重量感,而且构思奇特怪异,故事叙述精妙,比喻连续,跌宕起伏,环环相扣,令人拍案惊奇。大概是受到战记物语的影响,其中两虎相争、二龙互斗的场面描写得最为豪壮和宏大。加上文体和汉折中,修辞雅俗兼容,大大地扩展了语言的空间,且文章强韧,频频

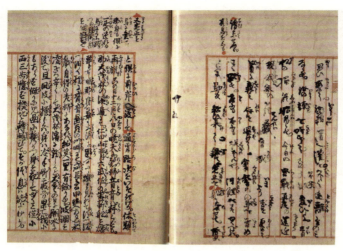

《八犬传》原稿

使用拟态词、拟声词等,给人一种跃动感。这些都是《八犬传》的基本特色,引人入胜之所在。

可以说,《八犬传》脱胎于《水浒传》,借鉴其形式多于思想,即使借助思想,比如忠义思想,也是扎根于本土的武士道以死相赌的义理精神,以及当时流行的"劝惩主义"文学思潮的土壤里,既借鉴外来的《水浒传》的小说技法,又完全摆脱它们的羁绊,"脱胎换骨",完成了纯日本式的演义体小说,有日本《水浒传》之称。马琴的《八犬传》这种文学模式,在日本文学史上写下了不可或缺的一页。

近代小说

　　明治维新以后，在启蒙思想的引导下，日本文学进行改良运动，产生了近代美学思想、翻译小说、政治小说和新体诗，通过移植西方的近代文学思想和形式，逐渐变革儒教的劝惩主义文学观念和戏作的文学形式，尝试着进行种种文学改良。首先进行诗歌改良，展开新体诗运动，经过山田美妙的《新体词选》发展到森鸥外的译作《于母影》、北村透谷的《楚囚之诗》《蓬莱曲》，新体诗从草创过渡到稳定时代，完备了新体诗的艺术价值，催促近代诗的诞生。其次开始移植西方近代文学观念和文学方法，通过翻译小说，认识了文学的新概念，小说的作用和作家的任务，确立文学的独立价值，对旧文学进行变革，摆脱"劝善惩恶"的戏作文学观和纯粹功利的政治文学模式，建立一个以人学和美学为基础的独立的文学类型。坪内逍遥的文论《小说神髓》，批评了江户文学传统，排除了戏作文学的劝善惩恶主义，从封建性的文学观中解放小说，根据资产阶级文学观，以写实的手法来表现社会的人情和世态风趣，从而形成

坪内逍遥绝笔"至人不留行"
（录《庄子·外物篇》句）

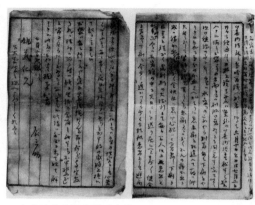

二叶亭四迷致坪内逍遥书简

《浮云》插图
（尾形月耕绘）

金港堂明治二十年版《浮云》

改良的机制，促使二叶亭四迷写实主义小说《浮云》的诞生。第三，引进西方美学论，对于促进日本文学近代化起到了不可磨灭的作用。西周的《百学连环》《美妙学说》和译作《宾般氏心理学》，以及大村西崖、森鸥外合作编著《审美纲领》、中江兆民译《维氏美学》等，对于建立日本近代文学观念和方法起到了重要的启蒙作用。第四，进行文体的改革，推进言文一致运动。最先采用言文一致体的，是外山正一、井上哲次郎和矢田部良吉的《新体诗抄》、二叶亭四迷的小说《浮云》，后来发展到用近代口语体创作写生文、新体诗以及革新短歌，完成言文一致体的历史性的转变。

　　日本近代小说由二叶亭四迷的《浮云》和森鸥外的《舞姬》揭开了序幕。《浮云》通过官僚机构小办事员内海文三洁身自爱，宁可忍受被撤职的痛苦而不愿充当附庸，和同是小办事员的本田升为了一官半职而寡廉鲜耻、出卖自己的灵魂这两种对官僚机构的不同态度，以及文三的婶母迫着其女儿阿势同失去官职的文三中止恋爱关系而嫁给本田升的故事，揭示了明治社会在"文明"的背后所隐蔽着的种种丑恶现象和不合理制度，是日本现实主义文学的滥觞。《舞姬》则是日本浪漫主义先驱之作。它描写一个青年官吏太田丰太郎奉官命留学德国，在德国期间，救济了一个贫困的德国舞女埃丽丝并与之相爱、同居，日本某省官厅得知后，准备免去他的官职，太田在大学时代的好友相泽谦吉的忠告之下，为了安然回到日本，保住官位，不得不抛弃有了身孕的恋人，抱着伤心之情回国了，这使舞女埃丽丝失望而发疯，酿成悲剧的结局。森鸥外另一部力作《雁》，是采取浪漫主义与写实主义结合的创作方法，描写了明治初期一个贫苦的少女阿玉的悲剧故事。阿玉为生活所迫，备受巡警的欺凌，后沦为高利贷者的小妾，遭人冷落，她不甘屈辱，热切地追求独立和自由，暗自爱上了一个医大学生冈田，但她甚至连单独向他倾吐爱慕之情都没有来得及，幸福的幻影就破灭了。

此后，北村透谷、樋口一叶、泉镜花等在推进近代日本浪漫主义小说的发展也起到了重大的历史作用。

明治二十年前后，近代文学初期，坪内逍遥、二叶亭四迷和森鸥外在写实主义和浪漫主义两个方向，确立了实现近代文学的新的可能性。另一方面，欧化热逐渐退潮，元禄文学的复兴成为这时期文学的一大特征。许多作家热衷于研究和借鉴近古文学，尤其是元禄文学的庶民性和写实精神。比如北村透谷、尾崎红叶、幸田露伴都在不同程度、不同方面钟情过西鹤、近松、春水和马琴。这个时期在文学史上一般称为"混沌时代"。因此日本近代浪漫主义尚未达到成熟就夭折或者尚未得到充分的发展。以尾崎红叶为代表的砚友社一派，和幸田露伴与红叶对垒自成的一派，开始在文坛活跃起来。他们几乎没有与西方文学发生联系，都是接受西鹤的影响，将

志贺直哉自画像

尾崎红叶著《伽罗枕》插图
（竹内桂舟绘）

森鸥外《雁》的舞台——上野不忍池

重点放在思考传统以及传统文体的再生和赋予新的生命力的可能性上。

　　同时期长谷川天溪、小杉天外、山田美妙、岛村抱月等着手引进法国左拉的自然主义理论。田山花袋的《棉被》成为日本自然主义的第一部作品。这部小说描写一个中年文学家竹中时雄收留了一个 19 岁的女弟子横山芳子，时雄为她艳美的容姿、温柔的声音所倾倒，对她产生了爱慕之情，但为其妻子所嫉妒，且遭芳子的父亲反对，时雄只好把自己的爱欲强压在心头，终日郁郁寡欢。芳子离去以后，时雄独自走进芳子的卧室，并躺下来盖上芳子的棉被，埋头闻着棉被上留下的芳子的余香，一股性欲、悲哀和绝望的情绪马上袭上心头。这是田山花袋本人的一段实际生活的真实记录，

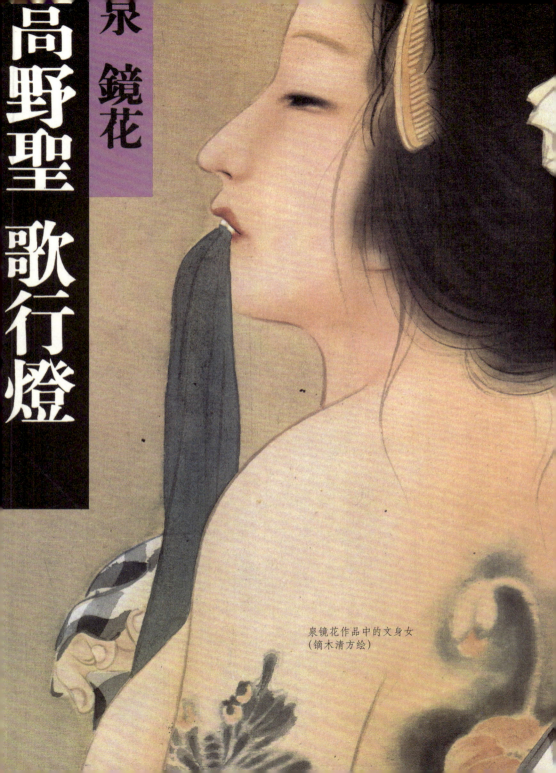

泉 鏡花

高野聖 歌行燈

泉镜花作品中的文身女
（镝木清方绘）

自然主义派作家合影，中列右四为田山花袋，
中列左三、左四分别为正宗白鸟、德田秋声

白桦派三大家志贺直哉、武者小路实笃、里见弴（左起）

石川啄木诗稿

田山正厌倦与妻子生活，对其女弟子冈美知代产生了特别的感情，但他拘于道德的束缚，未能向弟子表达自己的爱，就沉溺于空想与感伤之中，采取了这种近乎变态的举动，来表达自己对女弟子的爱欲、不安与绝望的情绪。这种无所顾忌地暴露自己生活中最丑恶的部分，大胆而勇敢地违反时代的伦理道德，使舆论哗然，文坛受到了很大的冲击。

继田山花袋之后，德田秋声以小说《足迹》和《霉》，确立了他作为自然主义作家的不可动摇的地位。《足迹》描写女主人公阿庄十一、十二岁时随没落的地主父亲离开农村，到了大城市东京谋生，受到周围淫荡和暗郁的贫困环境的困扰，尝尽了人间的辛酸，后来逐渐醒悟的过程。作者虽然以彻底的客观描写来反映阿庄平凡无奇而又坎坷的半生，但却采取立体描写的方法，切入人物的心理深层，深入刻画了人物的性格。《霉》描写主人公笹村与妻子阿银在结婚前数年的同居生活，生了二子后才登记结婚，但夫妻性格不合，产生龃龉的故事。这篇小说由夏目漱石推荐在《东京朝日新闻》上连载，成为"私小说"的先驱作品之一。所谓"私小说"是自然主义日本化的产物，它是遵循自然主义的创作原则，脱离时代和社会生活，孤立地描写个人身边的琐事和心理活动，直接坦白自己的矛盾和丑恶。"私小说"支撑着日本自然主义的存在。

反自然主义据点《昴星》同人（前左永井荷风、森鸥外）

　　正宗白鸟享誉于日本自然主义文坛，并确立其重要的文学地位，是在写了两部重要的代表作之后的事。一部是《微光》，他以虚无的笔触，写了少女阿国玩弄男性，又被男性所抛弃，最后自己没有希望，自暴自弃，又去会另一个男人的故事。据说，这是白鸟的实际生活的写照，阿国这个人物的原型是与近松秋江有关系的女人，但后来被白鸟所夺去。白鸟企图通过这个故事，来剖析人的本能的利己主义，暴露人性的丑恶，似乎含有自我否定和自我告白的意味。

　　自然主义流行之时，兴起了种种反自然主义的文学思潮。自然主

接受文化勋章后的永井荷风

义内部、自然主义与反自然主义之间展开了多次论战，无间断地持续长达四五年之久，石川啄木的《时代闭塞的现状》和厨川白村的《苦闷的象征》，对自然主义进行严厉的批判，打破了自然主义的一统局面，文坛出现大分

化，并走向多样化。一方面夏目漱石开辟批判现实主义的新风。另一方面以永井荷风为首的一批作家兴起新浪漫主义思潮，集结在《白桦》的一批新作家则发起理想主义思潮，随之兴起的新现实主义思潮，分别扮演着反自然主义的角色，开拓了新的文学空间。先后出现的岛崎藤村、夏目漱石、芥川龙之介，与森鸥外一起，并称为日本近代文学史上的四大文豪。

《破戒》插图
（镝木清方绘）

奠定岛崎藤村在近代文坛地位的，是他的长篇小说《破戒》。《破戒》问世时，日本文坛正处在一个重要转折时期，自然主义替代了浪漫主义，成为一股新的文学潮流，但藤村摆脱了自然主义的局限，写下了这部具有社会意义和批判精神的作品。《破戒》的主题是：描写部落民备受歧视的苦恼、不安与反抗，以及勤劳人民的苦难生活和悲惨命运，揭露了日本社会存在的身份等级制度和种种不合理现象。故事情节是：主人公、小学教员濑川丑松，父辈出身部落民，备受社会的歧视，生前宁可自己躲在山沟里，死后葬身于牧场，也不愿让丑松暴露其身份，再受被歧视的痛苦。他的处世秘诀是："隐瞒身份，这是生存的唯一希望、唯一办法。如果忘记了这条戒规，就会立刻被社会所抛弃。"临终前，他还叮嘱丑松："切切不要忘记！"起初丑松严守父亲的戒规，深得学校同事和学生的爱戴，担任首席训导，还得到老教师敬之进的女儿志保的爱情。但保守派议员候选人高柳了解到丑松的身份以后，散布丑松

岛琦藤村（右一）刊出《破戒》后与田山花袋（右三）等合照

的出身以达到打击其政敌、丑松的恩师猪子莲太郎的目的。于是，丑松在工作和爱情中处处遇到了矛盾，在公开还是隐瞒身份这个问题上，内心产生了激烈的动摇和斗争。部落民的先觉者猪子莲太郎大胆公开身份，并与不合理的身份等级制度作斗争，同时支持进步派代表与高柳竞选国会议员，针锋相对地揭露了高柳等打击丑松的阴谋，结果莲太郎被高柳唆使的暴徒杀害了。丑松通过这血的教训，深深懂得莲太郎所说的"在痛苦与悲哀面前，软弱与哀求算不得好汉"这句话的含意，于是他置自己的工作与爱情于不顾，毅然决然地破了父亲的戒规，破了社会的封建枷锁，公开了自己的身份！

　　小说是围绕守戒和破戒开展故事，但并没有把笔墨停留在揭示身份差别制度上，作者还巧妙地将身份差别制度问题，同整个社会存在的恶劣政治、剥削制度问题有机地联系起来，从更广阔的社会范围来反映部落民的问题，反映他们同压迫着他们的现实社会之间的冲突和斗争，以及对明治社会的黑暗现实和种种不合理现象做了有力的抨击，从而深化了主题思想，加强了这部作品的批判力量。它的诞生，是对二叶亭四迷以来的现实主义的新的突破，进一步开拓了日本近代现实主义文学崭新的领域，迎接日本批判现实主义文学的到来。

作为作家，具有一种硬骨头精神的，中国有鲁迅，日本则非夏目漱石莫属。漱石坚决反对权贵，为了不从属于政治权力和官办学问，保持学问的自立和自己的自由、独立、尊严和良心，自动放弃具有优厚待遇和受人尊崇的东京帝国大学教授的前途，后来又拒绝接受政府授予的博士称号，毅然走上并一直坚持走自食其力的职业作家的道路，做一个有骨气的文学家，拿起尖锐批判和深刻讽刺的笔，决心向社会的黑暗现实和邪恶势力挑战。这种伟大的精神力量和人格力量，最后使他成为一位伟大的批判现实

夏目漱石自画像

夏目漱石与儿子在自宅庭院里

主义作家，并因留下伟大的批判现
实主义的作品《我是猫》而载入日
本近代文学的史册。

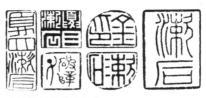
夏目漱石常用的印章

　　《我是猫》以迄今日本近代文学
所没有的深刻的思想性、尖锐的讽
刺手法和独特的幽默语言，有力地批判了明治社会的庸俗、丑恶的现实而
震惊文坛，对于当时正兴起的自然主义文学是一个巨大的冲击。这部作品
描写接受西方个人主义影响的中学教师苦沙弥先生与其友人迷亭、寒月、
独仙等聚在自己的客厅里议论种种的社会世相和文化现象。他们有的人与
主人一样，接受西方个人主义影响，但反对盲目崇拜西方；有的人保守传
统的日本主义，他们从自己的不同立场出发，大发议论，且常常互相批评
或挪揄。而苦沙弥家里养的一只猫，用其猫眼来观察主人和客人的议论，
并加以讽刺性的分析和批判。自然主义的倡导者田山花袋不禁惊叹这是"不

执笔写《我是猫》时的夏目漱石

可思议的现象"。日本学者说的"愤怒的漱石"的确是像一头雄狮，向着整个资本主义社会一切不合理的现实怒吼与咆鸣！这是《我是猫》这部作品伟大精神之所在，也是夏目漱石这个作家人格伟大之处。

芥川龙之介兼容东西方两种文化，并将他渊博的文史哲熔于一炉，达到感性与理性相济，实实在在地发展了近代日本文学的事业。他从日本古典世界中，寻找到自己的文学的现代主题。他的名作《罗生门》《鼻子》和《地狱变》等，就是借助历史的舞台，展现现代的事，对现实和人生进行理性的思考。

《罗生门》的故事发生在 12 世纪，经过保元、平治战乱之后，一片荒芜、盗贼猖獗的京城罗生门下，一个被主人驱赶出来的仆役，走投无路，又下不了决心当盗贼。某夜，他登上了罗生门城楼，发现一个在腐烂的尸体堆里的老妪，正在拔死人的头发，用来做发结。仆役忘了先前自己也想当贼人的事，充满了对恶的憎恶、反感和义愤，拔刀追问。老妪辩白说："我为了生活，出于无奈，否则就要饿死嘛。"仆役还从老妪那里听说死者生前为了生活也做过坏事，就下了决心，也要为了生活当一次坏人。于是，他

芥川龙之介（左一）在《罗生门》
出版纪念会上

在思索中的芥川龙之介

决然把老妪的衣服剥了下来，然后消失在漆黑的夜色之中。在这篇小说里，芥川主要借用了《今昔物语集》第二十九卷的"登罗生门见死人、贼人的故事第十八"的艺术材料，从中汲取其精神力量，然后运用奇拔的思想表达方法，将主人公仆役前后的思想和行为——开头的憎恶老妪拔发所抱的正义感和后来发生的剥老妪衣服的恶行——并列起来，在引起善恶变化的条件下观照其合理性与非合理性。也就是说，芥川将现代社会的"现实场"放置在日本的历史之中，通过细致地描写仆役和老妪的心理过程，来揭示人在善与恶、美与丑的对立和相克中所流露的不安定心绪，同时在对人的自私心既不肯定，也不否定的情况下，将矛盾的并存绝对化，来展现自己的观念世界，达到以冷眼的旁观者观照混乱与无秩序的社会上的利己主义的目的。作者在这部作品里主要是将古典式的简洁的故事结构与西方文学的近代心理描写结合得天衣无缝，而取得艺术上的成就。

芥川龙之介（左）作为
《大阪每日新闻》特派记者
驻中国时身穿中国服

从上海归国后苦恼于神经衰弱症的
芥川龙之介（右）

《鼻子》描写主人公禅智内供为自己长五六寸的鼻子而苦恼时，其弟子献一秘方给他治愈了。但他的鼻子变成正常之后，别人反而觉得滑稽可笑，以奇异的目光注视着他。他失望、后悔之余，用同样的秘方使鼻子变回原来的样子。从这个短短的故事里，也可以看到类似《罗生门》的主题：一是主人公没有能力把握自己，自己始终注意映现在他人眼里的形象；二是观照其合理性与非合理性，通过揭示非合理性的一面，来挖苦和批评人的贪得无厌的行为。这篇小说以奇拔的题材，知性心理剖析，端丽简洁的文笔，使内容与形式浑然相融，更增强其艺术效果，开拓了当时文坛的新境地。

作为芥川龙之介的成功之作的《地狱变》，描述王朝的一个画匠为了把握真实的美，竟不惜残酷地牺牲了自己的女儿，完成了一幅妖血斑斑的"地狱图屏风"。作者通过画匠这种浪漫主义的画风，来揭示艺术和道德的矛盾和冲突，暗喻这一时代文明背后的人性的纠葛，以及表达了作家本身在艺术上的励精勇进的精神。这部作品颇具传统绘卷的色调，开辟了自己独特的艺术世界，达到了前人所未达到的意境，在日本近代文学史上大放异彩。

在这些作品里，作者大多巧妙地用近代人的利己主义来解剖历史上的人物，对人赋予新的解释。作为人生的观照者，他有"两个自己"，"一个是有活动能力的热情的自己，一个是有观察能力的冷酷的自己"。他正是以热情与冷酷的极端，审视不同历史人物的人生轨迹，冷彻地解释现实和人生。

芥川龙之介以其不朽的业绩，为近代日本文学画上了一个清晰的句号。